너희가 논술을 아느냐?

너희가 논술을 아느냐?

탁월한 언어감각으로 최정상에 오른 사람, 이솝

한스 요아힘 셰틀리히 지음
박공우 그림 | 전재민 옮김

| 참솔 |

차 례

66 스스로 잘난 체하면 남들의 비웃음만 살 뿐이거늘…….

언제나 자기 언어의 주인이 되어라!

행복한 사람을 만나면 질투하는 대신 그와 함께 기쁨을 나누어라.

그러면 그의 행복이 곧 나의 행복이 되는 법이라…… 99

이솝은 자신의 눈에 들어오는 모든 것들의 이름을 천천히 부르기 시작했다.
놀랍게도 어떠한 이름이든 술술 발음할 수 있었다.
"호미, 구름, 채소밭, 올리브 나무, 들꽃……."

못생기고 말 못하는 신세

이솝이 말을 할 때면 웅얼거리기 때문에 무슨 말을 하는지 알아듣기가 힘들었다. 또한 이가 몽땅 빠진 그의 외모는 눈뜨고 보기에 차마 괴로운 모습이었다.

사팔뜨기인 데다, 납작코에, 늘 고개를 숙이고 다녔으며, 아무리 씻어도 결코 깨끗해 보이지 않을 거무튀튀한 피부를 지니고 있었다.

그뿐이 아니었다. 올챙이처럼 볼록 튀어나온 배는 허리띠 위에 걸려서 출렁거렸고, 양 다리가 심하게 휜 데다, 팔마저

길이가 서로 달라 왼쪽이 오른팔보다 더 길었다.

또 이솝은 자유로운 몸이 아니었다. 주인이 명령하는 대로 일해야 하는 노예였다. 그의 주인은 이솝이 도시에서 할 수 있는 일이라곤 아무것도 없다고 판단하여, 시내에서 한참 떨어진 농장에서 일을 하도록 시켰다.

어느날 이른 아침, 한 농부가 신선한 무화과를 들고 그의 주인을 찾아왔다.

"저, 주인 나으리, 여기 무화과를 가져왔데 드셔보십시오. 싱싱한 햇과일입니다요"

"오호, 먹음직스럽게 생겼군."

주인은 노예들을 바라보며 말했다.

"아가토푸스, 기분좋은 아침이야. 목욕부터 해야겠구나. 그후에 아침식사를 할 것이니, 식사가 끝나는 대로 싱싱한 이 과일을 내오도록 하라."

어느덧 식사시간이 되었다. 농장에서 일하던 이솝은 잠시 일손을 멈추고 집으로 돌아왔다. 그때 아가토푸스가 주인이 먹을 무화과 하나를 덥석 쥐더니, 한입에 삼켜 버렸다. 그는 입속에 남은 뒷맛을 느끼려는 듯 입맛을 쩝쩝 다시며, 옆에 있던 노예에게 말했다.

"무화과로 배를 채울 수만 있다면 얼마나 좋을까! 하지만 그럴 수야 없지."

그 말을 들은 노예가 대답했다.

"이봐, 그쪽 무화과 서너 개만 나에게 줘. 그러면 이것을 모두 먹어치우고도 벌을 받지 않는 방법을 알려줄 테니까."

귀가 번쩍 뜨인 아가토푸스가 주변을 살피며 물었다.

"아니, 그게 정말인가? 어서 일러주게!"

"일단 우리 둘이서 이 무화과를 모조리 먹어치우는 거야. 그리고 나서 주인님이 무화과에 대하여 물어오면 이렇게 대답하는 거지. 「이솝이 다 먹었습니다요, 나으리.」 이솝은 말도 못하는 바보가 아닌가! 설사 제까짓 놈이 손가락으로 우리를 지목한다고 하여도 무슨 수로 우리가 먹었다는 것을 증명하겠어?"

배짱이 맞은 두 사람은 당장 그 자리에서 무화과를 깨끗이 먹어치웠다.

목욕을 마치고 아침식사를 끝낸 주인이 아가토푸스를 불렀다.

"이제 무화과를 내오너라."

아가토푸스는 머리를 조아리며 말했다.

"나리, 이솝이 다 먹어치웠습니다요."

화가 잔뜩 난 주인이 명령했다.

"그놈을 당장 데려오너라!"

끌려온 이솝에게 주인이 성난 목소리로 외쳤다.

"이런 괘씸한 놈을 보았나! 분수도 모르고, 감히 주인의 과일에 손을 대?"

순간 이솝은 어떻게 해야 할지 몰라 당황했다. 다만 매가 두려워, 무릎을 꿇고 억지로 혀를 굴리려 애썼다

"저, 저어……에게 시, 시간……으을……."

"시간을 달라고? 흠…… 그래, 좋아!"

이솝은 빈 항아리를 들고 와 미지근한 물로 채워 달라고 요리사에게 손짓 발짓으로 부탁하였다. 그리고 빈 그릇을 옆에 놓고, 항아리의 미지근한 물을 마시기 시작했다. 물을 모두 마신 그가 집게손가락을 목구멍 깊숙이 밀어넣자, 금세 구역질이 나오며 준비된 그릇에 토하기 시작했다.

그런데 이솝이 게워낸 것은 오직 맹물뿐이었다. 이보다 더 확실하게 자신의 무죄를 증명할 수는 없는 일이었다. 놀란 주인이 아가토푸스와 옆에 있던 노예에게 명했다.

"너희들도 저 물을 마시도록 하라!"

함께 무화과를 훔쳐먹은 노예가 옆에서 아가토푸스에게 소근거렸다.

"저 물을 삼키지 말고 입속에서 물고만 있으라고. 그리고 손가락도 아주 살짝만 집어넣게. 그후 입에 물고 있던 물을 내뱉는 거야."

그렇지만 두 사람은 미지근한 물을 입속으로 마시는 순간, 속이 메슥거려 더이상 참을 도리가 없었다. 결국 그들은 목구멍까지 차 있던 무화과를 토해낼 수밖에 없었다.

주인은 노기에 가득 찬 목소리로 외쳤다.

"천하의 날도둑놈 같으니라고!"

무화과를 훔쳐먹은 두 노예는 흠씬 두들겨 맞아야 했다.

그의 말문이 터지게 하소서!

대지의 여신 이시스(이집트 · 그리스 · 로마의 신화에서 등장하는 여신. 땅의 신 게브와 하늘의 여신인 누트의 딸로서, 현명한 아내, 훌륭한 어머니의 본보기)를 모시는 여사제가 지상에 모습을 보였을 때, 이솝은 채소밭에서 잡초를 뽑고 있었다. 그녀가 이솝에게 말을 건넸다.

"저어, 여보세요, 언제인가는 사라질 이 미약한 존재에게 동정심을 베풀어, 어떻게 하면 시내로 나갈 수 있는지 길을 가리켜주오. 나는 길을 잃었다오."

16

고개를 들고 소리가 전해오는 방향을 응시하던 그는 낯선 그녀에게서 여신의 기운을 느꼈다. 이솝은 곧바로 대지에 엎드려 존경심을 표하며 웅얼웅얼 말을 시작했다.

　"어, 어 뜨…… 이……곳까지…… 오, 오, 오……."

　여사제는 비록 그가 표현을 제대로 할 수는 없지만, 다른 사람의 말은 알아들을 수 있다는 사실을 퍼뜩 깨달았다.

　"나는 이곳이 처음이라오."

　이솝은 그녀를 나무그늘 아래로 모셨다. 그리고는 윗도리 주머니에서 빵을 꺼내어 그녀에게 권하고, 밭에서 신선한 야채를 뽑아 바쳤다. 여사제가 음식을 다 먹은 것을 확인한 그는 그녀를 샘물가로 안내했다. 맑은 샘물을 마신 그녀는 주저하는 듯하더니 다시 한 번 길을 물었다. 이솝은 그녀의 소매를 살며시 끌면서, 시내 방향으로 난 길을 향하여 팔을 뻗었다.

　그는 다시 밭일에 열중하였다. 마치 아무 일도 없었다는 듯이.

　여사제는 그가 일러준 길을 따라가다 문득 멈췄다. 그리고 하늘을 향하여 두 손을 높이 들고 기도를 올렸다.

　"나의 이시스여, 대지의 여왕이시여, 저 선량한 노예에게 동정심을 베풀어주소서! 부디 그의 선행을 칭찬하시어 상을 내려주소서! 당신에게는 어둠을 몰아내는 신비로운 권능이 있사옵니다. 원하옵건대, 그의 말문이 터지게 하소서!"

태양이 점차 뜨거워지자, 이솝은 나무그늘 아래서 낮잠을 청했다. 주위에는 파릇파릇 자란 들풀과 온갖 꽃이 만발해 있었다. 또 바로 옆에서 흐르는 듯, 졸졸대는 시냇물 소리가 귀를 간지럽히고, 나무에서는 매미와 새들이 한창 지저귀고 있었다.

어느새 그는 깊은 잠에 빠져들었다.

그때 이시스 여신이 뮤즈(그리스 신화에 나오는 시와 음악의 여신)들을 데리고 나타났다.

"나의 딸들아, 이 사나이를 보아라. 비록 추한 외모이지만 순진무구한 마음씨를 지닌 인간이란다. 이 사나이가 길을 잃은 나의 여사제에게 친절을 베풀었더구나. 그의 말문이 터지도록 내가 도와줄 예정이야. 그대들도 이 사나이에게 선물을 보내주면 기쁘겠구나."

이시스는 이가 없는 그가 하고 싶은 말을 마음껏 표현할 수 있도록 이솝의 혀에 마술을 걸었다. 뮤즈들은 그에게 재치있는 이야기의 구성 능력을 심어주었다.

낮잠에서 깬 이솝은 자신의 눈에 들어오는 모든 것들의 이름을 천천히 부르기 시작했다. 놀랍게도 어떠한 이름이든 술술 발음할 수 있었다.

"호미, 구름, 채소밭, 올리브 나무, 들꽃……."

그는 신기한 듯 외쳤다.

"아니, 이럴 수가……. 무엇이든 다 발음할 수 있네!"

그러나 이솝은 아무 일도 없었다는 듯이 금세 괭이를 주워 들고 하던 일을 계속했다.

잠시 후, 농장 관리인 제나스가 채소밭에 나타났다. 그는 노예들이 일하는 모습이 영 마음에 차지 않았다. 그는 노예 중 한 명을 불러내어서 채찍으로 등을 휘갈겼다. 그것을 본 이솝이 감정을 억제하지 못하고 제나스에게 항의했다.

"왜 아무 죄도 없는 사람을 때리는 것입니까? 그것도 온갖 치사한 짓은 다 하고 다니는 당신이. 「나는 무식하고 천한 놈이오」라고 당신의 얼굴에 크다랗게 씌어 있소. 허구한 날 채찍질이라니!"

제나스는 깜짝 놀라 혼잣말로 중얼거렸다.

"아니, 어떻게 된 거야? 이솝이 말을 다 하다니! 늘 입을

이솝은 자신의 눈에 들어오는 모든 것들의 이름을 천천히 부르기 시작했다.
놀랍게도 어떠한 이름이든 술술 발음할 수 있었다.
"호미, 구름, 채소밭, 올리브 나무, 들꽃……."

꾹 다물고 있더니, 나에게 반항을 해? 무슨
수를 쓰지 않으면, 저놈이 내 모가지까지
치려들겠군."

제나스는 도시에 있는 주인의 저택으로
급히 말을 달려, 흥분된 목소리로 외쳤다.

"주인님!"

"제나스, 웬 호들갑이냐?"

"아주 놀라운 일이 생겼습니다."

"그래? 때도 아니인데, 나무에 열매라도 달렸단 말이냐?
아니면 소가 사람이라도 낳았단 말이냐?"

"아닙니다, 주인님."

"그러면, 무엇이 그리도 놀랍다는 말이냐? 자, 어서 말을
해보거라."

"이솝, 그러니까 그놈 안짱다리 말입니다. 어, 저, 거시기
배불뚝이 말입니다."

"그놈이 애라도 낳았단 말이냐, 뭐냐?"

"아닙니다. 그게 아니고, 갑자기 천연덕스럽게 말을 아주
잘하지 뭡니까?"

"그래? 그것이 그리도 신기하단 말이냐?"

"네, 그렇지요."

"신기하기는 뭐 그리 신기해? 신은 무엇이든지 내리기도 하고 거둬들이지 않느냐. 말문이 막혔다가 말문이 터진 걸 무얼 그리 호들갑이냐?"

"그런데 그놈이 저와 주인님을 꽤 심한 말로 욕되게 하지 뭡니까?"

"그래? 그것이 사실이냐? 그런 놈은 팔아버려라!"

"그것은 좀 곤란합니다. 그놈이 얼마나 괴롭게 생겼는지 벌써 다 잊으셨습니까? 그렇게나 못생긴 놈을 누가 사려고 하겠습니까? 뒤룩뒤룩 살찐 똥개를 말입니다."

"그러면 누구에게 줘버리면 되지 않겠느냐? 굳이 아무도 받지 않으려고 한다면, 그냥 매질해서 죽이든가!"

제나스는 다시금 말 위에 올라탔다. 그는 곧 도심 외곽의 농장으로 출발하면서 곰곰이 생각했다.

'왜 그놈을 굳이 죽여야만 하는가? 밉기는 하지만, 죽일 정도로 미운 것은 아니야. 그럴 바에야 차라리 어디든 내다 팔아야겠어.'

푼돈에 팔리는 노예

제나스는 넓은 농장 부근에서 평소 안면이 있는 노예상인 오펠리온과 마주쳤다. 제나스가 먼저 인사를 건넸다.

"아아, 오펠리온, 안녕하신가. 상인 중에서 으뜸인 자네를 우연히 만나다니…… 기쁘기 그지없네."

"오오, 제나스여, 안녕하시었소. 농장 관리인의 최고봉인 제나스여, 혹시 빌려주거나 팔 만한 가축이 있소?"

"없소! 하지만 아주 싼 값에 팔 수 있는 노예가 한 명 있는데……."

"아, 이런, 팔아야 할 노예는 아직도 많이 있는데……."

"이럴 것이 아니라, 우리 농장으로 좀 따라오게나."

그들이 농장에 도착하자마자, 제나스는 우렁찬 목소리로 명령했다.

"채소밭에 가서 이솝을 데려오너라."

한 노예가 이솝에게 달려가 전했다.

"이솝, 괭이는 던져두고 곧 나를 따라오게. 제나스 나리가 당신을 부르셔."

그는 괭이를 집어던지며, 손에 묻은 흙을 털었다.

"에이잇, 더러워서 원. 「이솝, 이것 좀 해라, 이솝, 저것 좀 해라.」 무엇이든 시키는 것이라면 아무리 더러운 일이어도 꼼짝없이 해야 하는 신세니……. 언젠가 주인님이 농장으로 나오시면, 저놈이 얼마나 포악한지 꼭 일러바치고 말 테다. 그러면 당장 해고되고 말걸. 좋다구, 가자고! 아직은 저놈 제나스의 명령을 따라야 하니……."

이솝을 데려온 노예가 제나스에게 고했다.

24

"에이잇, 더러워서 원.
무엇이든 시키는 것이라면
아무리 더러운 일이어도
꼼짝없이 해야 하는 신세니……."

"나리, 여기 이솝을 데려왔습니다요!"

제나스는 조심스러운 표정으로 노예상인을 힐끗 바라보며
말했다.

"저놈일세, 오펠리온."

노예상인은 이솝을 아래위로 마구 훑어보았다. 그는 마치
걸레를 뭉쳐놓은 듯한 모습이었다.

"아아니, 이것이 인간이란 말이오? 제나스, 당신은 쓰레기

뭉치를 보여주려고 날 데려왔소?"

순간 오펠리온은 심사가 불편한 듯 등을 돌렸다. 그러자 이솝이 오펠리온의 소매를 부여잡으며 말했다.

"제 말씀 좀 들어보시지요!"

오펠리온은 더럽다는 듯이 이솝의 손을 휘익 뿌리치며 소리쳤다.

"저리 가지 못할까, 썩 꺼져 버려라!"

그래도 이솝은 물러서지 않았다.

"여쭐 게 있습니다요. 어찌하여 여기까지 오셨습니까?"

"네놈을 사러 왔지."

"그런데 왜 사지 않습니까?"

"자꾸 귀찮게 굴지 말거라. 네놈을 살 생각은 손톱만큼도 없으니……."

"저를 사십시오! 아주 쓸모 있는 놈이라는 것을 알게 되실 겁니다. 절대 후회하지 않도록 해드릴게요."

"네놈이 무슨 쓸모가 있겠느냐?"

"나리의 노예 중에는 교육이 필요한 어린 노예들도 있을 것이 아닙니까요? 어린 노예들을 가르치는 선생으로 저를 쓰시면 어떻겠습니까? 꼬마들은 험상궂은 저의 얼굴이 무서워서라도 제 말을 잘 따를 것입니다요."

"흠, 그리 나쁜 생각은 아니군."

오펠리온은 비로소 제나스를 쳐다보며 물었다.

"이놈, 얼마에 팔 거요?"

"주고 싶은 만큼 주구려."

노예상인 오펠리온은 푼돈이나 다름없는 돈을 제나스에게
지불했고, 이로써 거래는 완벽하게 끝났다.

가장 무거운 것이 가장 가벼워!

오펠리온은 이솝을 데리고 도심에 위치한 자신의 집으로
왔다. 노예 숙소에서 이솝이 처음으로 마주친 사람은 꼬마
노예들이었다. 그를 만나자마자 아이들은 비명을 질러대며
도망치려고 온통 법석을 떨었다. 이솝이 오펠리온에게 말을
붙였다.

"어떠세요? 제 말이 맞죠?"

그때 오펠리온이 방 하나를 가리켰다.

"저 방에 자네 동료들이 있네. 들어가서 인사 나누게."

혼자서 그 방으로 들어선 이솝은 주로 잘생긴 노예들을 바라보며 인사했다.

"새로 온 이솝이오. 비록 생긴 것은 좀 다르지만, 그래도 우리는 같은 신세라오."

같이 있던 노예 한 명이 빈정거렸다.

"오오, 누군가 네메시스(그리스 신화에 나오는 율법의 여신. 분배자라는 뜻으로, 인간의 교만한 언동에 대한 신의 노여움과 보복을 관장하고 인간에게 행복과 불행을 분배한다)의 심기를 건드리기라도 했나보네. 그렇지 않고서야 주인님이 어떻게 저런 괴물을 사오셨을까."

옆에 있던 노예가 거들었다.

"이유가 뭔지 난 알아."

마주 앉은 노예가 물었다.

"이유가 뭔데?"

"그야, 우리를 즐겁게 해주려고 사온 거지!"

"푸하하……!"

그 순간 오펠리온이 들어왔다.

"곧 길을 떠날 시간이다! 그런데 이를 어쩌지? 짐을 실을 노새를 구하지 못하였다네. 이것도 모두 자네들의 운명이라 생각하고 받아들여주게. 개인의 물건은 각자 알아서 준비를 잘하구. 이제 소아시아로 길을 떠날 것이야."

노예들이 많은 짐을 나눠 짊어져야 하였다. 이솝이 나직한 목소리로 부탁했다.

"저, 난 신참이고, 게다가 몸도 약하오. 그러니 좀 가벼운 것으로 질 수 있도록 해주시오."

나이 많은 노예가 대답했다.

"그럼 아무것도 들지 말게."

"당신이 그렇게나 인심을 크게 베풀면, 주인님에게 나만 쓸모없는 인간으로 찍히지 않겠소? 그건 싫소."

다른 노예가 불쾌한 듯 끼어들었다.

"거 참, 더럽게 말이 많네!"

선심을 베풀었던 늙은 노예도 귀찮은 듯 대꾸했다.

"들 수 있는 거면 아무것이나 들라고."

이솝은 서둘러서 주변을 둘러보았다. 묵직해 보이는 상자, 짐자루, 갈대 돗자리, 항아리 등이 어지럽게 흩어져 있었다.

또한 빵이 가득 담긴 큰 바구니도 있었는데, 네 사람이 함께 들어야 할 만큼 무거운 것이었다. 그가 말했다.

"빵 바구니를 내 등에 좀 올려주게나."

그 말을 들은 다른 노예들이 모두 이솝을 비웃었다.

"어쩜, 하는 짓도 생긴 거랑 똑같이 미련하네! 가벼운 걸 들게 해달라고 사정할 때는 언제고, 이제 와서 제일 무거운 것으로 들겠다니."

한 노예가 말했다.

"아니, 겉보기처럼 그렇게까지 미련하지는 않을 거야. 제 딴에는 빵을 더 많이 먹을 수 있을까 싶어 꾀를 낸 거라고. 암튼 원하는 대로 해주자구. 자, 어서 도와주자!"

4명의 노예가 나서서 이솝의 등에 바구니를 얹어주었다. 갑자기 무거운 바구니를 진 이솝은 중심을 잃고 이리저리 비틀거렸다. 오펠리온이 그 모습을 보고 뛰어왔다.

"어라? 너희 눈에는 보이지 않느냐! 이솝이 무거운 짐을 지고 얼마나 고생하는지……. 너희도 좀 배우거라! 노새가 져도 힘겨운 것을 혼자 짊어지고 비틀거리는구나. 저놈을 산 건 정말 잘한 일이다!"

다른 모든 노예들은 둘이서 하나의 짐짝을 들고 나르면서,

홀로 고생을 자초하는
멍청이 이솝을 비웃었다.
이솝은 발걸음을 움직일 때마다 휘청거리지 않기 위해
진땀을 흘려야 하였다. 마침내 첫번째 여관에 도착하였을
때에는 이솝뿐 아니라 그곳의 모든 노예들이 기진맥진한
상태였다.

오펠리온이 이솝에게 명령했다.

"어서 빵을 나누어주거라. 두 사람당 빵이 한 개라는 것을
명심하고!"

식사를 다 마치자, 빵 바구니는 반이 비었다. 다시 행군이
계속되었을 때, 다른 노예들은 짐의 무게를 감당하지 못해
무거운 발걸음을 끌다시피 힘겹게 걸었다. 그러나 이솝의
발걸음은 전보다 한결 가벼웠다.

얼마간 시간이 지나고, 그들은 새로운 여관에 당도했다. 이번에도 이솝이 빵을 나눠주어야 했다. 두 사람당 한 개씩. 그러자 바구니가 아주 비어버렸다. 그는 빈 바구니를 메고, 앞장 서서 걷기 시작했다. 부러운 듯 한 노예가 물었다.

"맨 앞에 가는 게 누구야? 처음 보는 사람 같은데?"

"글쎄, 오늘 새로 온 사람 같은걸."

그러자 먼저 질문하였던 노예가 무엇인가 알아냈다는 듯 날카롭게 외쳤다.

"이런, 약아빠진 놈!"

「맞아!」 하고 누군가 맞장구를 쳤다.

"못생긴 놈이 머리 하나는 좋군."

"꾀가 많은 게, 아주 여우 뺨 치겠어!"

그들의 긴 행렬은 에페수스(소아시아 서해안에서 번영한 고대 그리스의 도시. 『신약성서』에는 에베소로 기록되어 있다)를 향해 이어졌다. 에페수스에 도착하자마자 오펠리온은 곧 데려온 노예들을 모두 판매했다. 그럼에도 마지막까지 흥정이 맞지 않는 3명의 노예가 남게 되었다. 그들은 류트(현악기의 하나. 울림통이 만돌린보다 크고, 독주와 합주용으로 쓰인다) 연주가,

어학교사, 그리고 이솝이었다.

남은 노예들 때문에 오펠리온이 걱정하자, 옆에서 친구가 거들었다.

"이놈들을 좋은 값에 팔고 싶으면, 사모스 섬으로 가는 게 좋을 걸세. 거기는 부자들이 많이 살고 있지. 또 크산토스란 철학자가 있는데, 거느린 제자들만도 굉장하다네. 수업료만 하여도 엄청날걸. 암튼, 좀 비싸더라도 자네의 어학교사나 류트 연주가를 사려는 사람이 분명 있을 걸세. 재수 좋으면 이솝도 팔 수 있을걸. 문지기나 요리사로 쓰겠다는 사람이 나설지 누가 알아?"

철학자 크산토스의 하인으로

　노예상인 오펠리온은 사모스 섬으로 출발하기 위해 3명의 노예를 데리고 헐레벌떡 배에 올랐다.

　마침내 배가 사모스 섬에 도착하자, 그는 류트 연주가에게 하얀 튜닉(고대 그리스와 로마에서 입던 옷으로, 리넨 2장을 겹쳐 양 옆을 꿰매고 머리와 팔 부분에 구멍을 내었다. 무릎까지 내려와 벨트를 하고, 어깨를 핀으로 고정시켰다)을 입게 했다. 또 그의 머리를 가지런하게 빗겨주고, 어깨걸이도 둘러주어서 멋을 한껏 부렸다.

어학교사에게는 복사뼈까지 내려온 하늘거리는 얇은 옷을 입혀, 흉하게 생긴 그의 두 장딴지를 가리게 했다. 그 역시 정성스레 치장해주었다.

하지만 멋을 더욱 부리고 말고 할 여지조차 없는 이솝은 자루처럼 생긴 옷을 입고, 누더기 천으로 허리를 동여매야 하였다.

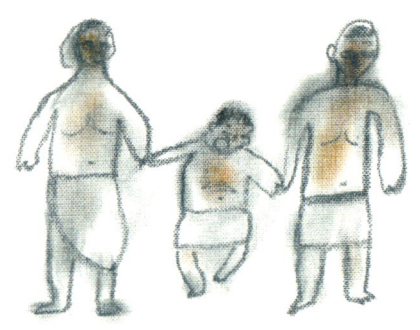

준비를 다 마친 오펠리온은 사람들이 많이 드나드는 거리 한복판에 3사람을 나란히 세웠다. 그는 의도적으로 이솝을 가운데 세움으로써 나머지 2명을 돋보이게 했다.

오펠리온이 큰소리로 외쳐 노예들을 광고하기 시작했다.

지나다니던 행인들이 순식간에 큰 관심을 보이며, 하나 둘 몰려들었다.

"저길 좀 봐, 저 두 놈은 꽤 잘생겼는걸. 근데 가운데 있는 난쟁이 같은 놈이 분위기를 완전히 망치고 있네. 여보시오! 저놈 좀 냉큼 치워버리쇼!"

그러나 누가 무엇이라고 하든 아랑곳 없이, 이솝은 조금도 위축되지 않고 당당히 서 있었다.

우연인지 필연인지, 때를 맞춰 철학자 크산토스의 아내가 가마를 탄 채 그 부근을 지나가고 있었다. 노예들을 판다는 외침을 듣는 그 순간, 그녀는 지금 당장 집으로 돌아가자고 하인들에게 명했다.

집으로 돌아온 크산토스의 아내는 남편에게 말했다.

"여보, 유명한 철학자인 당신이 하인 한 명이 없어서 늘 아내의 하녀에게서 잔시중을 받는 데서야 말이 되겠어요? 아무래도 하인을 한 명 두어야겠어요. 방금 시장을 지나다 보았는데, 지금 노예들을 판매하고 있더군요. 어서 한 명을 사오세요!"

"당신이 그렇게도 원한다면, 내가 따르지……."

그는 제자들이 기다리는 곳으로 가 토론수업을 진행했다. 드디어 강의가 끝나자, 크산토스는 자신의 제자들을 이끌고 시장으로 갔다.

그는 2명의 잘생긴 노예와 그 가운데 끼여 있는 흉측한 몽골의 이솝을 보며 말했다.

"이 노예상인은 물건 파는 감각이 아주 뛰어나군!"

제자가 물었다.

"노예상인을 그리 칭찬하시는 까닭이 무엇입니까?"

"잘 보아라. 그는 잘생긴 노예들 사이에 못생긴 노예를 한 명 세웠다. 아름다운 것들 사이에 극도로 추악한 것을 끼워 넣어, 그것이 주는 대비효과로 아름다움의 가치를 실제보다 훨씬 더 높이겠다는 의도 때문이지. 가운데 있는 저 못생긴 노예가 없었다면, 나머지 두 명 노예의 아름다움은 그만큼 감소되었을 것이야."

스승의 말에 제자들은 크게 감탄했다.

"저들 중 한 명을 내 하인으로 삼아야겠어."

크산토스가 류트 연주가 앞으로 다가가 물었다.

"어디서 태어났느냐?"

"네, 저, 저는 카파도키아(터키 동부지방 고원 지역의 옛 이름)

태생입니다."

"이름이 뭐지?"

"리기리스입니다."

"할 줄 아는 게 뭔가?"

"저 말입니까? 뭐든 할 줄 압지요."

그때 이솝이 갑자기 웃음을 터뜨렸다.

그 순간 크산토스의 제자가 이솝을 손가락으로 가리키며 친구들에게 말했다.

"저놈은 꼭 괴물같이 생기지 않았니?"

"근데 저 녀석은 왜 웃는 거지?"

"웃기는…… . 추워서 재채기를 하는 모양이지!"

호기심이 강렬한 어떤 제자가 이솝에게 다가가 옷자락을 끌어당기며 물었다.

"이봐, 왜 웃었지?"

이솝이 그를 물끄러미 바라보더니, 갑자기 소리쳤다.

"저리 꺼져, 이 돌대가리야!"

그 제자는 「돌대가리」라는 단어에 몹시 당황스러워 하며 뒷걸음질쳤다.

그때 크산토스가 오펠리온에게 물었다.

"저 리기리스란 자를 얼마에 팔겠소?"

"1,000데나리(고대 그리스의 은화 단위)만 주십시오."

하지만 그건 크산토스에게 너무 비싼 값이었다. 이번에는 어학교사에게 말을 걸었다.

"넌 어디서 왔느냐?"

"저는 리디아(소아시아 서부지방에서 번성했던 옛 왕국)에서 왔습니다."

"이름이 뭐지?"

"필로칼로스입니다."

"넌 뭘 할 수 있느냐?"

"뭐든지요, 시켜만 주십쇼."

그러자 이번에도 이솝이 한바탕 웃음을 터뜨렸다.

좀전에 면박당한 제자가 중얼거렸다.

"툭하면 웃음보를 터뜨리는군. 대체 왜 저러는 거지? 한 번 더 물어본다면, 또다시 돌대가리가 될 것이 뻔하니 물어보지도 못하겠고……."

그때 크산토스가 오펠리온에게 물었다.

"그래, 필로칼로스는 얼마요?"

"3,000데나리입니다."

그 말에 크산토스는 그만 집으로 돌아가고자 마음 먹었다.
그때 한 제자가 물었다.

 "스승님, 저 잘생긴 노예들이 마음에 들지 않습니까?"

 "물론 마음에는 들지. 하지만 나에겐 너무 비싸구나. 나는
적당히 싼 값에 사다가 단순한 일을 시킬 노예가 필요하단
말이야."

 다른 제자가 말했다.

 "그렇다면 저기 저 못생긴 노예를 사십시오. 저희가 작은
정성이나마 돈을 모아서 내겠습니다. 생긴 건 흉해도 일을
아주 못할 것 같지는 않습니다."

 "내 신세가 딱하게 되었구나!"

 크산토스는 계속 말을 이어나갔다.

 "노예를 사는 것은 난데, 너희들이 돈을 내겠단 말이지?
어허, 나의 신세는 그렇다 치고……. 안사람이 워낙 예쁘고
깔끔한 걸 좋아해서, 저런 지저분한 노예는 싫다고 반드시
반품하려고 들 게다."

 "하지만 스승님, 사나이라면 여자들에게 호락호락해서는
절대 안된다고 저희에게 가르치지 않으셨습니까?"

 "이를 어쩐다……? 어쩌면 좋을고?"

크산토스가 난처한 얼굴로 말했다.

"저 괴물이 할 수 있는 것이 무엇인지 우선 들어나 보자. 자네들의 소중한 정성을 길바닥에 뿌리는 우를 범해서는 안되니까."

그는 이솝에게 다가가 안쓰러운 듯 말했다.

"너무 슬퍼하지 말아라."

이솝을 맨 나중에, 그것도 제일 헐한 가격으로 흥정하려는 것이 미안했기 때문이었다.

이솝은 사팔뜨기 시선으로 크산토스를 멀뚱멀뚱 바라보며 물었다.

"왜 제가 슬퍼해야 합니까?"

제자들이 이구동성으로 외쳤다.

"그래, 맞아! 굳이 슬퍼해야 할 이유도 없지. 대답 하나는 빠르군."

다시 크산토스가 이솝에게 물었다.

"넌 어떤 인간이냐?"

"뼈와 살로 만들어진 인간입죠."

"이놈아, 내가 그것을 물었느냐? 어디서 태어났냐고 묻고 있는 것 아니냐?"

"엄마 뱃속에서 태어났습죠."

"말장난이 심하구나! 내 말의 뜻은, 그러니까 네가 태어난 곳이 어디냐는 거다."

"제가 침실에서 태어났는지, 부엌에서 태어났는지, 저희 어머니는 알려주시지 않았습니다."

거의 폭발하기 일보 직전의 크산토스가 꾸욱 참고 다시 한 번 물었다.

"그러니까, 도대체 어느 지방 사람이냐는 말이다."

"프리기아(소아시아에 있던 고대 국가) 사람입니다요."

"넌 뭘 할 수 있느냐?"

"저요? 전 할 줄 아는 게 하나도 없는뎁쇼."

"어째서 그러냐?"

"여기 있는 다른 노예들이 모든 걸 다 잘하는데, 제가 할 수 있는 것이 뭐 있겠습니까?"

제자들이 호기심에 가득 차서 수군거렸다.

"호오! 기발한걸!"

크산토스가 진지한 말투로 이솝에게 질문했다.

"내가 너를 사야겠느냐?"

"설마 저에게 자문을 구하는 건 아니시겠죠? 어른께서 절

"내가 너를 사야겠느냐?"

사고 싶으시면 사십시오. 아니면
그대로 가시구요. 저는 아무래도
좋습니다. 그렇지만 저를 대상으로
하여 장난을 치지는 말아주십시오. 웃음거리가 되는 것은
아주 질색이니까요."

그러자 제자 하나가 동료에게 귓속말을 건넸다.

"우리 선생님이 한 방 먹었는걸."

크산토스가 마음을 정한 듯 말했다.

"좋아. 네놈을 사기로 결심했다. 그런데 나중에 도망치는
일은 없겠지?"

"만약 제가 도망친다면, 그것은 누구의 책임이겠습니까?

"설마 저에게 자문을 구하는 건 아니시겠죠?"

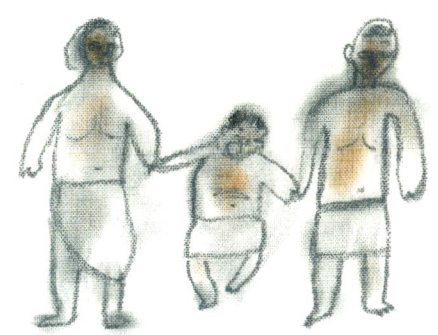

저요, 어르신이요?"

"그야 두말하면 잔소리지. 바로
너 아니겠어?"

"아, 아닙니다요. 어르신입니다요."

"나?"

"그렇죠. 만일 주인 어르신이 저에게 잘 대해주시면 제가
계속 머무를 터이지만, 그렇지 않을 때에는 도망치는 것이
그렇게 이상한가요? 어떤 노예이든 주인이 심하게 대하면
하루도, 한 시간도, 아니, 어쩌면, 단 한순간도 견디지 못할
것입니다요."

"흐음…… 네 말이 아주 틀린 것은 아니로구나. 머리는

45

명석한 것 같은데, 참으로 안타까운 일이다. 너의 생김새가 따라주지 못해서……."

"육체란 무엇입니까? 과연 그것이 그렇게도 대단합니까? 겉모습보다는 그 속에 더 관심을 기울여주십시오."

"그래, 육체란 무엇이라고 생각하느냐?"

"육체란 그걸 가지고 술집에 드나들고, 그 속에 포도주를 쏟아부을 수도 있는 것이지요. 개중에는 물론 저처럼, 비록 못생기고 볼품없는 술통이지만, 그 속에는 향기롭고 뛰어난 포도주가 담겨 있는 경우도 있다고 생각합니다."

이제 크산토스는 더이상 망설이지 않고, 오펠리온에게 물었다.

"저놈을 얼마에 팔겠소?"

그러자 오펠리온이 대뜸 되물었다.

"손님, 지금 절 놀리는 겁니까?"

"그건 또 무슨 말이오?"

"잘생긴 노예들은 모두 퇴짜를 놓고, 이 괴물 같은 녀석을 사려고 하니 말입니다. 잘생긴 놈을 사면 내 덤으로 저놈을 얹어주겠소."

크산토스가 다시 한 번 물었다.

"글쎄, 저놈이 얼마냐고 묻잖소?"

"60데나리입니다. 거기에다 저놈을 먹이고 재워준 경비 15데나리만 더 내시지요."

한편 노예 매매가 조만간 이루어질 것이라고 소식을 들은 세금징수원이 어디에선가 부리나케 뛰어나왔다. 그는 누가 상인이고, 누가 구매자인지 확인코자 했다. 그러나 기분이 여전히 개운하지 않은 오펠리온은 딴청만 피우고, 크산토스 역시 우물쭈물 아무 말도 하지 않고 있었다.

그로서는 겨우 75데나리라는 헐값에 노예를 산다는 일이 존경받는 철학자로서의 체면에 부끄러웠던 것이다. 그때 이솝이 정적을 깨며 말했다.

"분명히 날 판 사람과 산 사람이 따로 있을 터인데, 어느 누구도 나서는 사람이 없는 걸 보니, 이제 나는 더이상 노예 신분이 아닌가 보군요!"

그제서야 크산토스가 기어들어가는 소리로 말했다.

"내가 이 노예를 75데나리에 샀소."

세금징수원은 그 값을 듣고 기가 막힌 듯 비시실 웃음을 흘리더니, 크산토스에게 세금을 받아 돌아갔다.

비로소 이솝은 시장통 한복판의 판매대에서 내려올 수

있었다. 그는 새 주인 크산토스와 그의 제자들을 따라서 시장통을 벗어나게 되었다.

주인 이솝, 하인 크산토스

태양이 머리 위에서 이글거리고, 대지는 뜨거운 열기로 가득해 걷기조차 어려운데, 철학자 크산토스의 집으로 가는 길은 멀기만 하였다. 어느 순간 크산토스가 갑자기 겉옷을 치켜들더니, 큰길을 걸으면서 바닥에 오줌을 갈기는 것이 아닌가. 그 진풍경을 목격한 이솝은 주인의 팔을 붙들고 늘어지며 말했다.

"저를 다시 팔아주세요. 아니면 도망치고 말 겁니다요."

"대체 왜 그러느냐?"

"저를 팔아 달라니까요. 어른 같은 분을 도저히 주인으로 모실 수가 없습니다요."

"왜? 누가 너에게 나에 대한 험담을 하더냐? 내가 노예를 모질게 부려먹는 놈이라고 욕하는 사람이라도 있던 것이냐? 그러한 말에 너무 신경 쓸 것은 없다. 타인 욕하기를 즐기는 사람들의 취미생활일 뿐이야. 유치한 이들은 다른 사람들을 이간질시켜야 속이 시원한 법이지."

"그것이 아닙니다. 주인 어른이 길에다 방뇨하는 걸 보고 기겁을 하는 것입니다요. 주인님은 저처럼 속박된 노예가 아니라 자유인입니다. 자유인이라면 생리현상을 참을 줄도 알아야 하는 것 아닙니까? 적어도 집에 도착할 때까지는요. 그런데 방금 뭘 하셨습니까? 길을 가면서 소변을 보다니요? 더구나 걸으면서 말입니다요. 만일 저에게 화급한 볼일이 생겼다고 칩시다. 그러면 노예인 이놈은 막 뛰면서 소변을 길거리에 보란 말씀입니까?"

크산토스가 열적은 듯 물었다.

"그래서 그렇게 흥분한 것이냐?"

"물론입니다요!"

"소변이 마려운데 집은 멀고…… 생각해보아라. 뜨거운 태양이 머리 위에서 지글지글 타고, 나는 길에 서서 볼일을 보고 있다. 뜨겁게 달아오른 대지는 발바닥을 지지고, 소변 냄새는 코를 찌른다. 너라면 이런 상황을 견딜 수 있겠느냐? 그러니 걸으면서 처리할 수밖에……"

"그 말씀도 일리가 있습니다요. 주인님께 졌습니다."

"이런, 노예가 아니라 주인을 산 줄 몰랐구나!"

더위를 뚫고, 마침내 집에 당도한 크산토스가 말했다.

"내 안사람은 깔끔한 외모를 아주 중요하게 생각한단다. 혹시 네놈을 보는 순간, 기겁하여 결혼지참금을 돌려달라고 요구하며 도망치지나 않을까 염려되는구나. 그러니까 내가 부를 때까지 문밖에서 잠시 기다리거라."

이솝이 시큰둥하게 대답했다.

"겨우 여자의 입방아에 끔벅 죽는 분이신 줄은 몰랐지만, 하라는 대로 해야지요……"

크산토스는 대문 안으로 들어가 아내에게 말했다.

"이제 당신의 하녀를 부린다고 더이상 나에게 불평할 것 없소. 나도 노예를 샀으니."

"좀전에 깜빡 낮잠이 들었는데,
꿈속에서 당신이 아주 잘생긴 노예
한 명을 사왔더랍니다. 아프로디테
여신(그리스 신화에 나오는 아름다움과
사랑의 여신)에게 고마움의 인사를
잘 드려야겠어요. 그분이 제 소원을
들어주시려나봐요."

"여보, 잠깐만! 당신은 지금까지
한 번도 본 적 없는 아주 독특한
아름다움을 발견하게 될 거요."

부부의 대화를 살며시 엿들은
하녀들이 수다를 떨기 시작했다.

"그 사람은 내 남자야."

"아니야, 내 것이야!"

"너보다 조금은 더 어여쁜 내가
임자라구."

"어머, 그렇다면, 네가 나보다 더
예쁘다는 것이니?"

"아니면? 그 얼굴이 예쁘다는 소리니?"

"어휴, 참, 기가 다 막히는군요!
이제 새 장가를 들고 싶다 이거지요?
이따위 괴상한 인간을 데려오면
내가 친정으로 돌아갈 줄 알았나요?"

마침내 철학자의 아내가 궁금증을
참지 못하고 남편에게 물었다.
"독특하게 아름다운 그는 어디에 있나요?"
"대문 밖에 있소. 교양이 있는 사나이라면 낯선 집에 불쑥
들어서는 법이 절대로 아니지. 우리가 부를 때까지 밖에서

기다리겠다고 하였소."

그의 아내가 하녀들에게 명령했다.

"들어오라 일러라."

여러 하녀 중에서 가장 약삭빠른 처녀가 이 기회를 놓치지 않았다. '내가 나가서 그를 불러와야지. 그러면, 제일 먼저 기회를 잡게 되겠지?'

그녀는 집 밖으로 나와서 외쳤다.

"새로 온 사람, 어디에 있나요?"

이솝이 대답했다.

"여기요!"

"뭐, 당신이 새로 온 사람이라고요? 어머나, 그럼 꼬리는 어디에 두고 왔어요?"

이솝은 그녀가 자신의 생김새를 보고 개나 고양이 같은 짐승에 빗대어 한 말임을 금세 알아차렸다.

"혹시 믿을지 모르겠지만, 난 꼬리가 앞에 달렸다네."

"어머머, 망측해라! 여기서 기다려요!"

그녀는 집으로 뛰어들어가, 다른 하녀들에게 말했다.

"서로 내 것이다 싸우느니, 얼마나 잘생겼는지 우선 보고 오는 게 더 좋을걸."

다른 하녀가 문밖으로 나가서 외쳤다.

"새로 오신 분 어디 있어요? 나의 낭군님!"

"여기 있소!"

"어머나, 이런 끔찍한 꼬락서니를 보았나!"

하녀는 고개를 절레절레 흔들며 뒤로 물러섰다.

"들어와, 어서 들어오라니까! 하지만 내 곁에 절대 가까이
오지마!"

이솝이 대문 안으로 천천히 들어섰다. 크산토스의 아내는
이솝의 지저분하고 흉한 몰골을 보는 순간, 남편을 향하여
고함을 질렀다.

"어휴, 참, 기가 다 막히는군요! 이제 새 장가를 들고 싶다
이거지요? 이따위 괴상한 인간을 데려오면 내가 친정으로
돌아갈 줄 알았나요? 내가 더럽고 지저분한 것을 얼마나
싫어하는지 당신도 잘 알잖아요? 저런 흉측한 것을 집 안에
두는 일은 정말이지 참을 수 없어요. 내가 가져온 지참금을
돌려주세요! 난 당장 나갈 거예요!"

매우 난처해진 크산토스가 이솝에게 말했다.

"이솝, 아까는 날 훈계하더니, 지금은 꿀 먹은 벙어리처럼
왜 아무 말이 없느냐? 어서 무슨 말이든 해보아라."

"이런, 지옥에나 떨어지라고 하십시오!"

"뭐라고? 차라리 입을 다물거라!"

크산토스도 화가 치솟았다.

"내가 아내를 얼마나 사랑하는지 알기나 하고 그런 말을 입에 담는 것이냐?"

"정말 부인을 사랑하신단 말씀입니까?"

"그렇고 말고!"

"그럼, 부인이 떠나지 않길 바라시겠군요?"

"그걸 말이라고 하냐, 이 멍청아!"

이솝은 발로 바닥을 툭툭 차더니 결심한 듯 말했다.

"좋습니다. 제가 지껄이는 말씀을 들어주시겠다, 이거죠? 그렇습니다. 제가 드리고 싶은 말씀은, 우리의 존경스러운 철학자 크산토스 님께서 당신의 부인에게는 꼼짝도 못하고 쥐여지내신다 이겁니다. 사실 지금의 심정으로는 강의실의 학생들에게 큰소리로 외치고 싶습니다. 「당신들의 스승은 부인에게 쥐여 사는 팔푼이라오!」라고 말입니다요."

"아이고, 알았다. 알았으니 그만 해라, 이솝."

"안주인 마님!"

이솝은 크산토스의 아내를 바라보며 말했다.

56

"주인님이 깔끔한 용모의 노예를 데리고 왔었더라면 참 기쁘셨겠지요?"

"그야, 물론이지."

"만약 잘생긴 노예가 집에 온다면, 어떤 사건이 일어날지 아십니까? 그놈이 잘생긴 노예이니 목욕할 때도 데려가고 싶어질 것입니다. 그러면 그놈은 자연스럽게 안주인 마님의 옷을 벗겨드릴 것이고, 목욕 후에는 옆에 앉아, 마치 진귀한 보석을 쳐다보며 감탄하듯 마님의 몸매를 두 눈으로 훔쳐볼 것입니다. 그놈이 싫지 않은 마님은 그에게 미소를 지으며, 침실로 불러들일 수도 있다! 이것입니다요. 처음에는 그저 발맛사지 정도를 시킨 뒤에, 점점 더 진한 애무를 나누다가, 나중에는 마님에게야 즐거운 쾌락이지만 철학자 크산토스 님에게는 치욕스러운 일을 저지르게 될지도 모릅니다. 아, 에우리피데스(기원전 5세기경에 활동한 그리스의 비극시인)여, 그대가 읊은 시는 너무나 경이롭구나!

강력한 파도의 위력은 엄청나구나

물과 불의 위력 또한 무시무시하구나

가난, 그리고 폭압의 힘 역시 끔찍한 것이로다

51

그러나 못된 계집보다 더욱 치 떨리는 것이 어디 있으랴.

마님은 대 철학자의 아내가 되십니다요. 그러므로 남편과 마찬가지로 현명하셔야 합니다요. 그런데도 마님은 잘생긴 노예에게 섬김을 받음으로써, 남편을 세간의 웃음거리로 만들려고 합니다. 혹시 마님은 동침에만 관심이 쏠려 있고, 머릿속엔 온통 잘생긴 남자 생각뿐이지 않습니까요? 그것은 어리석은 여자들이나 할 짓 아닌가요?"

크산토스의 아내가 소리쳤다.

"감히 어느 안전에서 입을 나불거리느냐?"

그러자 크산토스가 아내를 달랬다.

"저놈 말이 꼭 틀린 건 아니오. 그러니 당신이 참아요. 아 참, 특히 볼일을 볼 때 저놈 눈에 띄지 않도록 주의하시오. 뭐라고 잔소리를 늘어놓을 게요. 그것을 당해보면, 당신이 저놈의 진가를 제대로 알게 될 텐데……."

"어휴, 맙소사! 아주 지독한 인물이군요. 차라리 저놈과 화해하는 것이 낫겠어요."

크산토스가 이솝에게로 눈길을 돌렸다.

"안주인이 너랑 화해하자는구나."

이솝은 기다렸다는 듯이 대답했다.

"역시 여자들이란 겁을 줘야 고분고분해지는 법!"

순간 크산토스는 아내의 눈치를 살피면서, 얼른 그의 말을 가로막았다.

"이제 그만!"

크산토스의 아내가 이솝에게 말했다.

"이제야 네놈이 바보가 아니란 건 알겠구나. 하지만 낮에 보인 꿈에 고무되어 용모가 준수한 노예를 기대하였던 것은 사실이다. 그러니까 형편없는 너의 꼴을 보고 더욱 실망할 수밖에……."

"그런 되지도 않는 말씀은 하질 마십시오. 꿈속에 보이는 걸 어찌 전부 믿을 수 있겠습니까? 제우스 신이 아폴론에게 미래를 예견하는 능력을 준 사실을 아시지요? 모든 사람이 그의 뛰어난 능력에 감탄하자, 아폴론은 자신이 세상에서 제일 잘난 줄 알고 망상에 빠졌다고 합니다요. 그때부터 거들먹거리기 시작했지요. 심지어 자신이 제우스보다 더욱 위대한 양 거들먹거렸지 뭡니까? 물론 제우스는 아폴론이 지나치게 강해지는 걸 원치 않았죠. 그래서 제우스는 모든 사람들에게 실제로 일어날 일을 미리 볼 수 있도록 꿈을 만들어주었답니다. 그때부터 사람들은 더이상 아폴론에게 미래를 점쳐달라고 부탁할 필요가 없어진 거지요.

아폴론은 당장 제우스에게 달려가서 용서를 빌었답니다. 제우스는 손이 발이 되도록 비는 아폴론이 불쌍했던지 죄를 용서하고, 앞으로는 꿈이 그대로 현실로 바뀌지 못하도록 인간들의 꿈을 거짓과 진실로 적당히 섞어버렸답니다요. 인간들이 꿈만으로는 미래를 정확히 예측할 수 없게 되자, 다시 아폴론의 예언을 통해서 미래의 현실을 제대로 알아낼 수 있게 된 것이지요. 그러므로 마님의 꿈은 예시라기보다 차라리 개꿈인 것입니다. 꿈속에서 본 것을 그대로 믿으면 곤란합니다요."

이솝이 긴 연설을 끝내자, 크산토스는 박수를 치며 그의 예리함과 번득이는 기지를 칭찬했다.

자연이 스스로 낳아 기르는 것

어느날 철학자 크산토스가 채소밭으로 나가서 농부에게
부탁했다.

"나에게 채소를 좀 주게."

농부는 아스파라거스, 양배추, 근대, 그밖의 여러 채소를
뽑아서 크산토스 뒤켠에 비켜 서 있는 이솝에게 건네었다.
크산토스가 계산하려고 하자, 농부가 가로막았다.

"무얼 하시는 겁니까?"

"그야, 채소값을 내려는 거지."

"이건 괜찮습니다요. 그보다 더 중요한 것이 있는데…….
저…… 농사일에 관하여 귀한 말씀을 한마디만 해주시면
안될까요? 요즘 걱정스런 일이 있어서요. 혹시 저같이 못
배운 무식한 놈에게 한마디의 말씀을 던져주기도 아까우신
것은 아니겠지요?"

"어서 돈을 받든가, 아니면 채소를 가져가든가 하게나.
농부인 자네에게 나의 말이 무슨 쓸모가 있겠나. 자네에게
필요한 사람은 괭이나 호미를 만들어주는 재주꾼이 아닌가.
난 철학자일 따름일세. 그저 글과 말로 재주를 부릴 줄 아는
내가 자네의 농사일에 무슨 도움이 되겠나?"

"아닙니다. 저에겐 큰 도움이 될 겁니다. 전 요즘 밤마다
잠을 통 이룰 수가 없습니다. 왜냐하면 정성스럽게 키우는
채소가 아무렇게나 두는 잡초보다 훨씬 더 못 자라는지라,
근심이 많습니다요."

크산토스는 전문적인 지식을 요구하는 이 질문에 곧바로
대답할 수가 없었다. 그는 일단 이렇게 말했다.

"그건 신의 섭리가 아닌가."

옆에 있던 이솝이 웃음을 터뜨렸다.

"지금 날 비웃는 거냐, 도대체 왜 웃는 거냐?"

"주인님을 비웃는 건 아닙니다요."

"그럼 누굴 비웃는 거냐?"

"주인님의 스승입니다."

"이런 망할 놈을 보았나! 네까짓 놈이 무얼 안다고 감히 그리스 학문의 위대한 전통을 비웃느냐? 나는 아테네에서 학교를 다니면서, 위대한 철학자와 수사학자, 언어학자들의 가르침을 받은 몸이다. 나의 스승을 비웃는 거라면, 그리스 학문 전체를 우롱하는 것과 같지 않느냐?

신성한 학문의 전당 헬리콘(그리스 남부에 있는 산, 고대에는 아폴론 신과 시의 여신이 사는 신성한 산으로 알려졌었다. 여기서는 「학문의 원천」을 뜻한다)을 우습게 보다니!"

"그렇지만 주인님께서 이 농부에게 더 해줄 말이 없다면, 이젠 주인님을 비웃을 차례입니다요."

"그럼, 내 대답말고 다른 해답이 있다는 거냐? 그러니까 네놈이 농부의 물음에 답을 줄 수 있다 이거지? 한심한 것! 너는 어찌 신들이 관장하는 일에 철학자들이 가타부타 하는 것이 결례라는 걸 모르느냐?"

"좋습니다요. 그럼, 제가 농부에게 대답하겠습니다."

크산토스는 농부의 얼굴을 슬쩍 쳐다보며 말했다.

"여보게, 아까부터 학생들이 내 강의를 듣고자 지금껏 기다리고 있다네. 이렇게 토론하고 있을 한가한 시간이 아니야. 난 어서 학생에게 가봐야겠네. 정 궁금하면, 날 따라온 하인에게 묻게나. 알고 보면 그도 경험이 아주 많은 사람일세. 그가 대답을 잘해줄 걸세."

농부는 언짢은 기색으로 표정이 바뀌었다.

"아니, 저토록 흉측하게 생긴 인간이 자연의 이치를 안단 말씀입니까?"

이솝은 웃음을 참을 수 없었다.

"이런, 참으로 불쌍한 사람이로군."

"내가 불쌍하다고?"

"당신, 농부 아니오?"

"그래서?"

"자존심은 강해 가지고……. 불쌍하다고 하니까, 그렇게 화가 나오? 어쨌든, 일단 내 말이나 잘 들어보소!

남자와 여자가 재혼을 했다오. 둘 다 전남편, 전부인의

64

자식들이 딸린 몸이었소. 그러니까, 여자는 자신이 낳은 자식들에게는 친엄마이지만, 새남편의 자식들에게는 새엄마인 것이지. 그런데 자연의 이치라, 그 여자는 자신의 배로 낳은 자식을 더욱 많이 아끼고 보살폈소. 새로 얻은 자식들은 묘하게 거리감이 있었던 거야.

농부여, 자네의 걱정거리도 이것과 같다구! 대지에게는 잡초가 친자식인 셈이지. 대지가 스스로 낳아 길러내는 것 아닌가. 잘 생각해보라구! 대지의 입장에서 보자면, 자네가 씨를 뿌리고 기른 채소는 타인이 낳은 의붓자식인 셈이야. 그러니까 정성이 덜 갈 수밖에. 이제서야 좀 알겠소?"

농부가 두 눈을 휘둥그렇게 뜨며 대답했다.

"이런, 내 생각이 짧았네! 자네 말이 큰 도움이 됐네그려. 정말 고마우이."

철학자를 한 수 가르치다

어느날 크산토스가 이솝에게 말했다.

"지금부터는 더도 덜도말고 내가 시키는 것만 해라. 가서 기름단지랑 수건을 가지고 목욕탕으로 따라오너라."

이솝은 생각하였다. '노예를 부리면서 지나치게 까다롭게 구는 주인들은 정말 한 대 때려주고 싶어! 이번 기회에 우리 철학자 나으리에게 한 수 가르쳐야겠어. 노예에게 심부름을 시킬 때에는 어떻게 해야 하는지……. 까탈스럽게 굴어봤자 자신만 손해라는 걸 알아야지.'

이솝은 빈 기름단지와 수건을 들고서 주인의 뒤를 쫓아 목욕탕으로 갔다.

크산토스는 옷을 벗어 하인에게 건네며 말했다.

"기름단지 좀 다오."

이솝은 빈 기름단지를 공손하게 건넸다. 기름을 따르던 크산토스가 의아한 표정으로 물었다.

"이솝, 기름은 어딨느냐?"

"집에 있습니다요."

"뭐라고?"

"주인님이 그러셨잖습니까? 「기름단지랑 수건을 가지고」 따라오라고 말씀입니다요. 기름을 가져오라는 말씀은 안 하셨는데요! 시키는 대로만 하라고 하셨잖아요?"

크산토스는 황당해서 입을 다물지 못했다.

때마침 크산토스의 친구들이 목욕탕으로 들어왔다. 그는 이솝에게 명령했다.

"내 옷을 다른 사람에게 맡기고, 넌 집으로 가거라. 오늘 아내의 기분이 나쁜지, 야채를 죄 내다버렸더구나. 우리가 먹게끔 콩을 한 줌만 삶아 놓아라. 냄비에 콩을 넣고 물을 조절한 뒤, 불 위에 올려서 끓이면 되느니. 불이 약해지면,

부채질을 하도록 하고. 알겠느냐?"

"알겠습니다요."

혼자서 집으로 돌아온 이솝은 냄비에 콩을 넣고 끓이기 시작하였다.

한편 크산토스는 목욕탕에서 친구들에게 제의했다.

"목욕이 끝나면 우리집으로 가서 간단히 식사를 하는 게 어때? 대접할 것이 콩밖에 없지만, 그래도 호의를 생각해서 와주면 고맙겠다네. 사실 진심에서 우러나오는 성의 있는 접대가 진수성찬보다 나으면 나았지, 못할 건 없잖은가?"

친구들은 기꺼이 그의 초대에 응하였다. 집으로 돌아온 크산토스는 곧장 이솝에게 심부름을 시켰다.

"목욕을 했더니 갈증이 나는구나. 부엌으로 가서 시원한 물 있으면 아무 거나 좀 내오너라."

이솝은 부엌으로 들어가서 설거지하고 남은 구정물을 항아리에 담았다. 크산토스는 항아리를 받아들고 기가 막혀 물었다.

"아니, 이게 뭐냐?"

"시원한 물 아무 거나 내오라면서요?"

크산토스는 화가 나서 상기된 얼굴로 말했다.

"에잇, 관둬라. 차라리 발 씻을 대야나 가져오너라!"

이번에는 이솝이 빈 대야를 가져왔다. 크산토스는 더이상 참지 못하고, 버럭 소리를 질렀다.

"이건 또 뭐란 말이냐?"

"주인님이 말씀하셨잖습니까? 「대야를 가져오라」고요. 「대야에 물을 붓고, 그 대야를 가져오라」고 하셨으면 아무 문제가 없었을 텐데 말입니다요."

크산토스는 친구들을 둘러보며 말했다.

"보시다시피, 나는 노예를 산 것이 아니라 선생님을 한 분 모셔온 거라네. 자, 다들 식사나 합시다."

그들은 모두 식탁 주위에 둘러앉았다.

크산토스가 이솝에게 물었다.

"콩 다 됐느냐?"

"네, 주인님."

"어디 몇 개만 가져와 보거라."

이솝은 국자로 콩을 건져내 주인 앞에 바쳤다.

"좋아, 콩이 아주 잘 익었구나. 이제 내오너라."

그런데 이솝은 접시마다 뜨거운 국물만 따르는 것이었다. 크산토스는 당황하지 않을 수 없었다.

"아니, 콩에 다리가 달려 어디 도망이라도 갔느냐?"

"준비된 콩은 주인님이 다 드시지 않았습니까요?"

"뭐라고? 그럼 그게 다란 말이냐?"

"네, 주인님께서 「콩을 한 줌만 삶아라」고 하셨습니다요. 그래서 분부대로 콩을 한 줌만 삶았지요. 아까 국자로 드린 것이 딱 한 줌이었습니다요."

"이것 참, 그렇다고 손님들을 그냥 굶길 수는 없는 노릇 아니냐? 할 수 없지. 그전에 사둔 돼지발 4개가 아직 있을 것이야. 그것이라도 요리해서 내오너라."

이솝은 돼지발을 삶기 위해 냄비를 불 위에 얹었다. 한편 크산토스는 이솝을 혼내줄 구실을 찾고 있었다. 그가 짐짓 이솝을 불렀다.

"이솝, 저기 창고에 가서 식초를 가져오너라. 냄비에 한 방울만 떨어뜨리면 맛이 좋아진다."

이솝이 창고로 건너간 사이, 크산토스는 슬며시 부엌으로 들어가서, 냄비에서 돼지발 하나를 꺼내 잽싸게 다른 곳에 숨겼다. 이솝이 돌아오니, 돼지발이 3개밖에 없었다.

그러나 이솝은 조금도 놀라는 기색이 없이, 곧바로 축사로 가서 안주인의 생일날 잡으려고 아껴둔 돼지를 붙잡아 입을 틀어막았다. 그러고는 한쪽 발을 잘라냈다. 이솝은 그것을 가져와서 보글보글 끓고 있는 냄비에 집어넣어, 돼지발을 4개로 만들었다.

크산토스가 곰곰이 생각해보니, 아무래도 자신이 너무나 심한 것 같았다. 좀전에 숨겨두었던 돼지발을 꺼내어 다시 냄비에 집어넣었다. 이솝과 크산토스 모두 냄비 안에 5개의

71

돼지발이 들어 있다는 사실을 눈치채지 못했다.

"돼지발 요리는 다 되었느냐?"

"네."

"어서 가져오너라."

이솝은 둥근 쟁반에 돼지발을 담다가 어안이 벙벙해졌다. 이를 본 크산토스 역시 깜짝 놀랐다.

"아니, 돼지의 발이 몇 개냐?"

이솝이 심드렁하게 대답했다.

"이상하네요, 분명히 축사에 있는 돼지는 발이 3개인데, 이놈은 5개를 가졌네요."

크산토스는 친구들을 주욱 둘러보며 탄식했다.

"이 인간이 아주 날 미치게 만드는구나!"

나를 가장 사랑하는 여인

며칠 후, 이솝은 크산토스를 모시고 강의실에 나갔다가, 그곳에 모인 제자들과 좀더 친해지게 되었다. 어떤 제자가 그들을 성대한 잔치에 초대하였다.

크산토스가 이솝에게 일렀다.

"나를 따라오너라. 바구니랑 쟁반, 냅킨을 챙겨라. 그리고 등불이랑 나의 신발, 또 그밖에 나에게 필요한 물건을 모두 준비하도록 하여라."

이솝은 크산토스의 지시대로 준비를 다 마친 다음 주인을 따라나섰다. 크산토스는 식사중에 음식을 조금씩 덜어내어 이솝에게 건넸다. 이솝은 그 음식을 쟁반에 담아 바구니에 차곡차곡 쌓았다.

"이제 음식이 제법 담겼겠지?"

"네."

"이 세상에서 나를 가장 사랑하는 여인에게 그 바구니를 갖다 드리도록 하여라."

이솝은 마음속으로 생각했다. '안주인을 골탕먹일 절호의 기회군. 처음부터 날 무시하기 시작하더니, 화난다고 야채 바구니를 둘러엎지를 않나, 툭하면 주인님과 나 사이에서 이간질하려고 시도하지를 않나……. 이번에 아주 쓴맛을 보여줘야지. 누가 더 손해인지 한 번 해보자고.'

이솝은 집에 들어서자마자, 바구니를 내려놓고 안주인을 찾았다. 그는 바구니에 든 음식을 가리키며 말했다.

"마님, 누가 중간에서 건드린 흔적이라도 혹시 있는지 잘 살펴보십시오."

"아니, 누가 손을 댄 것 같지는 않구나. 그런데 이 음식은 주인 어른이 나에게 보내준 것이냐?"

"아닙니다요."

"그럼 누구에게 보낸 것이냐?"

"그야, 주인 어른을 가장 사랑하는 분이죠!"

"그게 누군데?"

"잠깐만 기다리십시오, 곧 보실 수 있습니다요."

그는 집에서 기르는 암캐의 이름을 크게 불렀다.

암캐「리카이나」가 그 소리를 듣고 달려와 꼬리를 흔들자, 이솝은 바구니 안의 음식을 차례로 던져주었다. 리카이나가 바구니 속을 깨끗이 비우는 것을 확인하고, 이솝은 잔치가 벌어지는 곳으로 다시 갔다.

"그래, 음식은 제대로 전달했느냐?"

"네."

"좀 드시더냐?"

"네, 바구니에 든 것 모두요."

"전부?"

"네, 배가 무척 고팠나 봅니다."

"맛있다고는 하더냐?"

"네, 아주 만족스러운 것 같던데요."

"뭐라고 말했는데?"

"아무런 말씀을 하지 않았지만, 무척이나
감사하다는 표정이었습니다."

"이제 좀더 상냥하게 날 대해주겠군."

그 시간에 크산토스의 아내는 하녀들 앞에서
신세한탄을 늘어놓고 있었다.

"정말 자존심 상해서 더이상은 같이 못 살겠구나. 그이는
아내인 나보다도 한낱 말도 못하는 짐승이 더 좋다는구나.
이것은 내가 개만도 못하다는 것이 아니고 무엇이냐? 당장
결혼지참금을 돌려달라고 할 것이야. 즉시 이 집을 떠나고
말겠어!"

그녀는 비탄에 잠긴 얼굴로 자신의 방으로 들어갔다.

잔치는 계속 길어지고 있었다. 참석자 모두 학식이 두터운
사람들인지라, 대화의 주제도 상당한 깊이가 있었다. 한
제자가 물었다.

"사람들은 언제 제일 황당해 할까요?"

주인 크산토스 뒤켠에 잠자코 서 있던 이솝이
불쑥 끼여들었다.

"죽은 사람이 되살아나 자신의 재산을 돌려달라고

76

떼쓸 때이겠죠"

순간 제자들 사이에서 빈정거림과 비웃음이 쏟아지더니,
그들의 숙덕거림이 들려왔다.

"스승님이 얼마 전에 산 바로 그 노예네!"

"저놈이 나더러 「돌대가리」라고 했어."

"저 인간에게는 자신의 생각이 있는 것 같지만, 그것이
모두 우리 스승님에게 배운 것이 아니겠어?"

그때 이솝이 다시 끼어들었다.

"댁들처럼 말이오?"

제자들이 스승 크산토스에게 졸랐다.

"저놈도 저희랑 같이 술을 마시게 해주세요."

크산토스는 흔쾌히 허락했다.

한 학생이 좌중을 둘러보며 물었다.

"도살장으로 끌려가는 양은 왜 소리를 지르며 울부짖지 않을까요? 돼지는 목청이 찢어져라 우는데 말이죠."

아무도 대답하지 못했다. 그때 이솝이 나섰다.

"그거야, 양은 인간이나 칼이 무섭지 않기 때문이죠. 양은 인간이 자신의 젖을 짜내고 털을 깎는 일에 아주 익숙해져 있으니까 말입니다."

제자들이 동시에 입을 모았다.

"제법이야. 그럴 듯한걸."

기나긴 향연이 끝나고 다들 자신의 집으로 흩어졌다. 크산토스는 집으로 돌아오자마자 부인의 침실로 들어갔다. 그는 부인을 어루만지며 키스했다. 그러자 아내가 고개를 옆으로 돌리면서 싸늘하게 반응했다.

"가까이 오지 말아요!"

크산토스는 아내의 뜻밖의 반응에 당혹스러웠다.

"아이고, 이게 무슨 일이람! 당신 왜 그러오?"

"당신이 좋아하는 암캐에게나 가보시지요. 당신이 보내준 맛있는 음식을 먹었으니, 꼬리를 흔들며 반기겠군요."

"이런, 이솝 이놈이 또 일을 저질렀군. 내가 그걸 몰랐네."

그는 당장 이솝을 불러들였다.

"오늘은 또 무슨 짓을 한 게야?"

"주인님께서 분명히 말씀하셨죠, 「이 세상에서 나를 가장 사랑하는 여인에게 갖다 드려라.」 하고요."

순간 크산토스의 아내가 투덜거렸다.

"나는 아무것도 받지 못했다고요."

이솝이 크산토스에게 질문을 던졌다.

"누가 주인님을 진정으로 사랑하는 걸까요?"

크산토스는 어처구니가 없었다.

"너 장난하니? 누구긴 누구겠어!"

이솝이 리카이나를 부르며 말했다.

"주인님을 가장 사랑하는 여인은 이 암캐입니다. 안주인 마님이시라구요? 글쎄요, 유감스럽게도 아닙니다. 증명해

보여드릴까요? 보십시오! 별것 아닌 것을 가지고 토라져서 결혼지참금을 돌려달라고 떼를 쓰지 않습니까. 주인님을 떠나고자 애쓰고 있습니다. 하지만 리카이나는 다릅니다. 이놈을 아무리 때려보십시오, 어디 도망갈 생각이나 하나. 차라리 저에게 「주인님을 가장 사랑하는 여인」이 아니라, 그저 「안주인 마님」에게 드리라고 했으면 이처럼 시끄러운 소동도 없었을 텐데요!"

"여보, 들었소?"

크산토스는 아내를 향해 부드럽게 말했다.

"내 잘못이 아니라오. 하지만 당신의 분이 풀릴 때까지 저놈을 때려줄 것이니, 이제 그만 노여움을 푸시오."

가장 좋은 것과 가장 나쁜 것

다음날 크산토스는 자신 문하의 제자들을 모조리 집으로 초대한 후, 이솝에게 일렀다.

"내가 제자들을 식사에 초대하였으니, 시장을 봐오너라. 세상에서 가장 훌륭한 걸로 골라서 사야 해."

이솝은 마음속으로 다짐했다.

'이런 식으로 명령하는 버릇이 얼마나 어리석은 태도인지 주인님을 금세 깨우쳐주리라!'

이솝은 시장에서 돼지 혓바닥을 사와 요리를 시작했다.

한편 초대된 제자들이 모두 도착하자, 크산토스는 이솝을 점잖게 불렀다.

"이솝, 이제부터 음식을 내오너라."

이솝은 한 사람당 한 개씩 돼지 혓바닥 수육과, 혓바닥을 넣고 끓인 뜨거운 국물을 내왔다.

한 제자가 말문을 열었다.

"스승님, 오늘은 음식이 상당히 철학적입니다. 처음부터 혓바닥 수육이 나오니 말입니다."

그들은 음식을 먹기 시작하였다. 잠시 후 국그릇이 조금씩 비어가자, 크산토스가 외쳤다.

"이솝, 음식을 더 내오너라!"

이번에는 소금과 후추 등으로 짜고 맵게 양념하여 볶은 혓바닥 요리를 내왔다.

다른 제자가 음식을 칭찬했다.

"훌륭하십니다, 스승님. 소금과 후추는 우리들로 하여금 날카로운 설전을 벌이도록 자극시키는 아주 좋은 방편인 듯합니다."

그들은 계속하여 먹고 마시며 즐겁게 대화를 나누었다. 곧 음식이 다 떨어지자, 크산토스가 또 이솝을 불렀다.

"이솝, 다음 요리를 가져오너라!"

이번에도 이솝은 맵게 양념한 채 찜한 혓바닥을 내왔다. 참다 못한 제자들이 스승에게 말했다.

"스승님, 맵고 짠 혓바닥 요리를 너무 많이 먹었더니 이제 혀가 다 얼얼합니다."

"저, 어, 혹시 다른 요리는 없습니까?"

크산토스가 얼른 큰소리로 이솝에게 명령하였다.

"이번에는 손님들에게 정말로 훌륭한 음식을 대접하도록 하여라."

그러자 이솝은 좀전에 먹다 남은 혓바닥 국물을 다시 들고 나왔다.

"그것말고 다른 음식은 없느냐?"

"없사옵니다, 주인님!"

"이런, 도대체 두 귀를 어디에 두고 다니는 것이냐? 내가 일러주지 않았느냐, 세상에서 가장 훌륭한 것을 사오라고! 그래, 그게 겨우 혓바닥이란 말이냐?"

"주인님, 혀보다 더 훌륭한 것이 무엇입니까? 혀 없이는 아무것도 할 수 없습죠. 심지어 혀 없이는 도저히 살 수조차 없습니다요. 사람들은 혀로 학문을 배우고, 율법을 만들고, 우리 삶에 질서를 부여합니다. 그러니까 혀보다 더 훌륭한 것은 없는 셈이지요."

제자들이 일제히 웃었다.

"이솝의 말이 맞습니다. 스승님이 지셨습니다."

그날 밤, 제자들은 집으로 돌아가, 신새벽이 밝아오도록 설사로 고생해야만 했다.

다음날 제자들은 간밤의 긴 고통에 대해 스승에게 불평을 늘어놓았다. 크산토스는 변명을 하기 시작했다.

"잘못한 놈은 아무짝에도 쓸모가 없는 저 인간 이솝이지. 어쨌거나 오늘 내가 다시 한 번 너희들을 식사에 초대하마. 이번에는 여러분들이 모두 보는 앞에서 저 이솝에게 명령을 내리겠다."

그는 이솝을 엄숙한 목소리로 불러내 제자들이 직접 보는 앞에서 심부름을 시켰다.

"이 세상에서 가장 나쁜 것을 사오너라!"

이솝은 당장 정육점으로 달려가, 이번에도 돼지 혓바닥을 잔뜩 사서 요리했다.

크산토스와 그의 제자들은 모두 식탁 앞에 모여서 음식을 기다리고 있었다. 먼저 이솝은 그들에게 포도주를 한 잔씩 권한 뒤, 소금에 살짝 양념한 돼지 혓바닥 구이와 뜨거운 국물을 들고 나왔다.

"이런, 또 혓바닥이야?"

제자들이 이구동성으로 외쳤다.

"어쩌면, 어제 고생한 위를 편하게 해주려는 의도인지도 모르지."

한 제자가 말했다.

이번에는 포도주를 연속하여 세 잔이나 마신 크산토스가 상기된 얼굴로 소리쳤다.

"이솝, 다음 요리를 내오너라."

이솝이 새롭게 들고 나온 요리 역시 어저께처럼 후추, 마늘 등으로 맵싸하게 양념하여 저온에 저민 돼지 혓바닥 요리였다. 너무도 기가 막힌 제자들이 노골적으로 이죽거렸다.

"이런, 별것도 아닌 인간이 우리를 죽이려고 하네."

크산토스는 끓어오르는 분노를 참을 수가 없었다.

"대관절 무슨 못된 생각으로 또 혓바닥을 사왔단 말이냐? 「세상에서 가장 나쁜 것」을 사오라고 분명히 일렀거늘."

이솝이 침착하게 대답했다.

85

"사기와 술책, 질투와 음모, 싸움과 배신······. 이런 것이 모두 혀에서 비롯되는 것이지요. 그러니 혀보다 더 사악한 것이 어디 있겠습니까요?"

절대로 참견하지 않기

그때 나이가 가장 많은 제자가 나서며 말했다.

"스승님, 진정하십시오. 자칫 저놈 때문에 이성을 완전히 잃으시겠습니다. 아무래도 저놈 영혼은 흉측한 제 몸뚱이와 똑같이 생긴 것 같습니다. 저렇게 음흉스런 놈은 1오볼(고대 그리스의 동전 단위)의 가치도 없습니다."

그러자 이솝이 그 제자에게 소리쳤다.

"시끄럽소! 음흉스런 건 오히려 당신이오! 괜히 주인님을 부추겨서 나를 못된 놈으로 만들고 있으니…… 제 자신의 할일이나 제대로 하시지, 어디 자신과 아무 상관 없는 일에 간섭하는 것이오?"

그때 크산토스가 중재에 나섰다.

"이솝, 천한 노예와 철학적 토론을 벌여야 하는 마당으로 상황이 변했으니, 내 한 가지만 물어보자. 주제넘게 너는 내 제자에게 간섭이라는 단어를 썼다. 어디, 남의 일에 완전히 무관심한 태도를 보이는 사람이 있기라도 하다는 말이냐? 그렇다면 한 번 증명해보아라."

"물론 남의 일에 끼여들어서, 감 나라 배 나라 떠들어대기 좋아하는 무리들이 분명 있습니다. 하지만 남을 탓하기보다 자신의 잘못을 먼저 반성하고, 타인의 일에 조금도 개의치 않는 사람도 적으나마 존재합니다요."

"그래? 오직 자기 자신의 일에만 관심 있을 뿐, 남의 일엔 조금도 간섭하지 않는 사람이 있다는 말이지? 그럼 한 번 증명해보아라. 네가 그걸 증명한다면, 이번 잘못은 깨끗이 덮어둘 터이니……. 내일은 또다른 하인에게 요리를 시킬 것이야. 그러니까 너는 식사시간에 맞추어 남의 일에 전혀 참견하지 않는 사람을 데려오너라. 만약 그 사람이 타인의 일에 간섭하고 나선다면, 한 번은 그냥 눈 딱 감고 지나갈 것이요, 두번째에도 관용을 베풀 것이다. 하지만 세번째 또 걸리면 벌받을 각오를 단단히 하거라."

이튿날 아침, 이솝은 일찌감치 시장통으로 나갔다. 남의 일에 전혀 관심이 없는 사람을 찾아서 다녔다. 마침내 한 사람을 발견했는데, 그는 시끄럽고 번잡한 시장통 한가운데 서서, 남들이 떠들든 말든 뭔가를 낭독하고 있었다. 이솝은 얼른 생각했다. '옳거니, 바로 저 사람이야. 다른 사람들이 듣든 말든 도무지 개의치 않는군. 바로 옆에서 큰 싸움판이 벌어져도 꿈쩍하지 않겠어.'

이솝이 그에게 다가가 말을 건넸다.

"위대한 철학자이신 크산토스 님이 당신의 태연자약함에 대하여 소문을 듣고, 당신을 저녁식사에 초대하셨소. 부디 와주기 바라오."

그 남자가 대답했다.

"좋소, 내가 가지요."

이솝은 그를 데리고 서둘러 집으로 돌아왔다. 집에 도착한 이솝은 그에게 대문 밖에서 잠시 잠깐만 기다려 달라고 부탁하였다.

이솝을 보자, 크산토스는 남의 일에 완벽하게 무관심한 사람을 데려왔는지 궁금해졌다. 이솝이 대답했다.

"네, 지금 문밖에서 기다리고 있습니다."

식사가 시작되자, 이솝은 그를 자리로 안내했다.

크산토스는 하인을 불러서 식사에 초대된 손님에게 먼저 포도주의 첫 잔을 따르라고 지시하였다. 그러자 그 남자는 황급히 손을 저으며 말했다.

"아닙니다. 크산토스 선생님이 제일 먼저 첫 잔을 받아야 마땅하지요."

크산토스가 이솝을 바라보았다.

"내가 한 점을 땄군."

주요리로 생선이 나왔을 때 크산토스가 말했다.

"생선 요리법에 대해 내가 그렇게도 상세하게 일렀거늘, 기름과 향료가 너무나 적게 들어갔군. 이거 참, 손님 앞에서 큰 실례를 범했소다. 다시는 이러지 못하도록 내 요리사를 따끔하게 혼내주리다!"

이번에도 이솝이 데려온 손님은 대뜸 대답했다.

"아, 아닙니다. 생선요리의 맛이 아주 기가 막힌데요."

다시 크산토스가 이솝을 쳐다보며 중얼거렸다.

"이번에도 내가 점수를 땄군."

마침내 식사가 끝나고, 후식으로 달콤한 케이크가 나왔다. 크산토스는 케이크를 한입 베어물더니, 제빵사를 불러서 다그쳤다.

"어째서 꿀과 건포도가 빠졌느냐?"

이번에도 초대받은 남자가 한마디 거들었다.

"케이크가 아주 달고 맛있습니다만……."

그러자 크산토스가 기세 좋게 외쳤다.

"세번째다!"

식탁이 모두 치워지고 손님이 돌아가자, 이솝은 팔다리가 묶인 채로 심하게 얻어맞아야 했다. 크산토스가 말했다.

"네놈이 장담한 그 사람을 내 앞에 대령시키지 못한다면, 앞으로는 뼈도 못 추릴 줄 알아라."

며칠 뒤, 이솝은 남의 일에 절대로 참견하지 않는 사람을 찾아 도시 근교를 배회하였다. 우연히 한 남자에게 눈길이 갔는데, 그는 어찌 보면 농부 같고, 또 어찌 보면 도시 사람 같기도 했다. 그는 땔감을 가득 실은 당나귀 한 마리를 끌고 있었다. 길에는 사람들로 몹시 붐볐고 꽤나 시끄러웠지만,

그는 오로지 당나귀에게만 무언가를 말하고 있었다.

"자, 어서 가자. 빨리 가서 장작을 팔아야지. 돈이 생기면 우선 너의 사료부터 사고, 일부는 나를 위하여 쓰는 것이야. 그리고 나머지는 모아두자꾸나. 어쩌다 우리 둘 중 하나가 질병에 걸리거나, 경기가 안 좋아지면 그때 쓸 수 있을 것이 아니냐? 비록 네가 오늘은 보리를 배부르게 먹었다지만, 내일은 우리에게 또 무슨 일이 벌어질지 어떻게 알겠느냐.

지푸라기조차 먹지 못할 때가 올지도 모르지."

'보아 하니, 이 사람은 오로지 자신의 안위 외에는 관심이 통 없는 사람이군. 말을 걸어야겠어.'

이솝은 장작 상인에게 다가가 말을 붙였다.

"안녕하시오. 장작 값이 얼마나 가오?"

그러자 그는 재빠르게 인사를 되받으며, 땔나무의 가격을 얼른 말해주었다.

이솝이 천천히 고개를 끄덕이며 다시 물었다.

"혹시, 크산토스라는 철학자를 아시오?"

"모르오."

"어째서 모르오?"

"원체 호기심이 없어서 그렇지. 그러고 보니 그의 이름은 어디서 들어본 것도 같은데……."

"내가 그의 노예요."

"그래서 그게 어쨌다는 거요?"

"일단 당나귀를 데리고 우리 주인님에게 갑시다. 장작은 우리가 다 사줄 테니……."

"그분 댁이 어디요?"

"따라오시오. 내가 가르쳐줄 터이니."

드디어 이솝과 장작 장수는 크산토스의 집에 도착하였다. 이솝이 땔감 값을 지불하며, 비로소 사실을 말했다.

"실은, 우리 주인님이 댁을 식사에 초대했다오. 당나귀는 여기 세워두시오. 우리가 잘 돌볼 테니 걱정하지 말고."

땔감 상인은 아무런 대꾸도 없이 집으로 들어섰다.

'흐음, 바로 저자로군!'

크산토스는 땔감 상인이 들어오는 걸 보며 속으로 웃었다. 그는 이솝의 자신만만한 태도를 비웃으며 아내에게 작은 목소리로 속삭였다.

"당신은 이솝이 벌을 받기 바랄 거요, 그렇지 않소?"

"물론이죠, 지금 신들에게 기도를 올리는 중이랍니다."

"그러면, 대야를 들고 나가서 저 상인의 발을 씻겨주구려. 그는 필시 당신을 만류하며, 이런 일은 종들에게 시키라고 할 것이오."

크산토스의 아내는 허리에 수건을 두르고, 또 다른 수건은 팔에 걸친 채로 대야를 들고 나갔다. 땔감 장수는 그녀를 보는 순간, 단번에 안주인이라는 걸 알 수 있었다.

'이 집 주인이 철학자이니, 바보는 아닐 테고……. 그러니 처음부터 하인에게 내 발을 씻기게 할 요량이었다면, 분명

종을 내보냈을 거야. 자기 부인을 직접 내보낸 것은 처음 온 손님에게 경의를 표시하기 위함인 것 같군. 그렇담, 고귀한 부인이 내 발을 씻겨주는데, 그냥 가만히 있어야겠어.'

그는 안주인이 두 발을 씻기고 수건으로 닦아주자, 식탁 앞으로 가서 조용히 앉았다.

'아, 이거, 보통이 아닌걸!'

크산토스는 내심 적잖이 놀랐다. 그는 손님에게 포도주의 첫 잔을 받게 했다.

'원래는 주인이 첫 잔을 받는 것이 도리인데, 나에게 먼저 권하는구나. 이것도 나를 배려하려는 것인가 보네. 그렇담 아무 소리말고 조용히 받아야겠어.'

이어서 생선요리가 식탁 위에 가득 차려졌다. 크산토스가 손님에게 음식을 권했다.

"드시지요!"

땔감 상인은 마치 걸신이라도 들린 듯 아주 게걸스럽게 음식을 먹어댔다.

크산토스는 생선요리를 음미하듯 맛을 보더니, 요리사를 불러 큰소리로 호통쳤다.

"이것을 음식이라고 해왔느냐? 향료와 기름을 아끼느라

요리를 망치는 놈은 처음 봤다. 당장 벌을 받아라!"

그래도 땔나무 상인은 아무런 반응을 보이지 않았고, 결국 요리사만 심한 매질을 당했다.

예기치 않은 상황으로 발전하자, 크산토스는 땔감 상인이 벙어리거나 아주 둔한 사람일 게 뻔하다고 생각했다.

주요리가 끝나면서 마지막으로 케이크가 나왔다. 장작 장수는 지금까지 한 번도 케이크를 먹어본 적이 없다는 듯, 후식이 자기 앞에 놓이자마자 주먹만한 크기로 대충 잘라서 허겁지겁 삼켰다.

크산토스는 케이크를 한입 베어물더니, 이번에는 제빵 요리사를 불러 나무랐다.

"왜 케이크에 땅콩이며 호두, 꿀을 넣지 않았느냐?"

제빵사가 고개를 숙인 채 대답했다.

"만약 케이크가 덜 구워졌다면 저를 벌하십시오. 하지만 케이크가 달지 않다면, 그것은 제 잘못이 아닙니다요. 제가 반죽을 저으면서 꿀을 찾았더니, 안주인 마님께서 「내가 목욕을 모두 마치고 돌아올 때 가지고 오마」라고 약속을 하셨더랬습니다. 그런데 마님이 끝끝내 그 꿀을 가져오지 않으셨기 때문에, 이번 케이크의 맛이 이렇게 달지 않게 된 것입니다요."

크산토스가 심각한 어조로 말했다.

"만일 내 아내가 잘못한 것이 사실이라면, 그녀를 산 채로 화장해버리리라!"

그리고는 아내에게 귀엣말로 속삭였다.

"좀 거들어주구려."

이어서 그는 이솝에게 엄한 목소리로 명령했다.

"덤불과 장작을 가져와 어서 불을 피우도록 해라!"

이솝이 식당 한가운데에 불을 피우자, 크산토스는 불꽃이 일렁이는 곳으로 그의 아내를 끌어당겼다.

그때까지 땔나무 상인은 말 없이 제자리에 앉아서 오직 포도주만 홀짝거릴 뿐이었다. 그러다가 크산토스가 자신을 시험하려는 것을 눈치챈 순간, 갑자기 말문을 열었다.

"크산토스 님, 정녕 부인을 태워 죽이려 하신다면, 잠시만 기다려주십시오. 제가 아내를 데려오겠습니다. 저의 아내는 어찌나 잔소리가 대단한지, 이번 기회에 영원한 안식처로 보내버려야 하겠습니다. 기왕이면 두 명의 여자를 한꺼번에 화장시키는 것이 더 편하지 않겠습니까?"

크산토스는 항복할 수밖에 없었다.

"내가 졌다! 못된 장난은 이제 그만두자꾸나. 하지만 네이놈 이솝, 앞으로는 나에게 더욱더 공손하게 대해줄 수 없겠느냐?"

"히히, 자꾸만 절 무시하고 곤궁에 빠뜨리지 않으신다면, 저도 주인님에게 나쁜 감정이 없습니다요. 히히!"

드디어 이솝은 벌에서 풀려날 수 있었다.

오직 하나뿐인 사람

며칠 후 크산토스가 이솝에게 심부름을 시켰다.

"이솝, 지금 당장 목욕탕으로 가서 사람이 많은지 적은지
보고 오너라."

이솝이 목욕탕으로 헐레벌떡 뛰어가는 도중에 군부대
사령관을 만났다. 그가 물었다.

"이솝, 어딜 그리 급히 가느냐?"

"모르겠습니다요."

"어딜 가는지 모른다고?"

"네, 모르겠사옵니다요."

군사령관은 즉시 이솝을 체포하여 감옥으로 데려가라고
동행한 부관에게 명령했다.

"그것 보십시오."

이솝이 말을 이었다.

"제가 한 말이 맞지 않습니까? 이렇게 감옥에 가게 될 줄 어떻게 알았겠습니까요?"

할말이 없어진 사령관은 슬그머니 이솝을 풀어주었다.

이솝은 곧바로 목욕탕으로 갔다. 그곳에는 많은 사람들로 북적거리고 있었다. 그런데 목욕탕 입구에 꽤 큰 돌 하나가 놓여 있어서, 탕으로 들어가는 사람마다 모두 그 돌에 발을 부딪히고 있었다. 그들은 발톱과 발가락이 아파서 얼굴을 찌푸리면서도 더이상은 그 돌에 신경 쓰지 않았다. 이솝은 그들이 모두 발이 얼얼하도록 채이면서도, 큰 돌을 그대로 방치해두는 것이 신기하기만 했다.

그 순간 또 한 사람이 돌에 발가락을 세게 부딪혔다. 그는 중얼거렸다.

"이런 제기랄, 누가 여기다 돌을 갖다 놓은 거야?"

돌을 한구석으로 치운 후, 그는 목욕탕으로 들어갔다.

이솝이 집으로 돌아와 크산토스에게 보고했다.

"주인님, 목욕탕에는 꼭 한 사람만 있사옵니다."

한가하다는 이솝의 보고에, 서둘러서 목욕탕에 도착한 크산토스는 그곳이 수많은 사람들로 붐비는 모습에 놀라지

"이놈, 넌 변명 하나는 거의 천재급으로 준비하는구나!"

않을 수 없었다.

"아, 아니, 이솝! 목욕탕에는 딱 한 사람만 있다고 말하지 않았느냐?"

"맞습니다요. 저기 저 구석에 있는 돌이 보이시지요? 여기 있는 사람들 대부분이 그 돌에 발가락을 부딪혔죠. 그런데 아무도 그 돌을 치울 생각을 하지 않았습니다. 단 한 사람만 빼고 말입니다요. 그러니까 이중에 사람이라고는 딱 한 명뿐이잖습니까요."

"이놈, 넌 변명 하나는 거의 천재급으로 준비하는구나!"

크산토스의 배신

목욕을 끝낸 크산토스는 이솝을 먼저 집으로 보내 여러 손님의 식사를 준비하도록 당부하였다. 한 무리의 제자를 거느리고 집으로 온 크산토스는 식사를 시작하였다. 식사가 끝나자 크산토스는 배변 욕구를 느꼈다. 이솝은 수건과 물 항아리를 들고 크산토스의 뒤를 따라야 했다. 크산토스가 물었다.

"이솝, 사람들은 왜 볼일을 본 후, 자신이 생산한 변을 꼭 관찰하려는 것일까?"

"옛날에 한 왕자가 살았었는데, 늘 호화스러운 생활을 즐기다 보니 화장실에서 보내는 시간도 길었답니다. 어느날 왕자가 얼마나 오랫동안 화장실에 앉아 있었는지, 그만 영혼까지 쏙 빠져버리고 말았다지 뭡니까. 그때부터 인간은 자신이 쏟아낸 똥을 돌아보게 되었다고 합니다요. 자기도 모르는 사이에 영혼이 몸에서 빠져 나왔을까봐 확인하려는 몸짓이지요. 하지만 심한 걱정은 하지 마십시오, 주인님은 영혼이 없으니까요……."

크산토스는 다시 식탁으로 돌아왔다. 이어서 술자리가 벌어졌고, 모두들 거나하게 술에 취하자, 무척이나 난해한 철학적 문제에 대하여 논쟁을 벌이기 시작했다. 크산토스도 가만히 있지 못하고 격렬한 토론의 장에 휘말려 큰소리로 열변을 토했다. 마치 강의실의 풍경 같았다. 논쟁이 끝없이 이어지는 것을 보면서 이솝이 말했다.

"디오니소스가 우리 인간에게 포도주를 선사했을 때, 그 포도주를 담아서 마실 세 개의 술잔도 함께 주셨습니다. 하나는 쾌락을 위한 술잔이요, 또 하나는 기쁨이요, 나머지 하나는 만용을 위한 술잔이었습니다. 더불어 이 술잔을 가지고 어떻게 마셔야 하는지 바른 주도도 가르쳐주었지요. 크산토스 주인님, 쾌락과 기쁨의 잔이 비워졌으니, 만용의

잔은 젊은이들에게 건네시지요. 주인님의 말씀을 들으려는 사람들은 이미 강의실에 차고 넘치지 않습니까?"

술에 취한 크산토스가 이솝에게 호통쳤다.

"고놈의 주둥아리는 잠시도 가만히 있지를 못하는구나. 도대체 네놈이 하이데스(그리스 신화에 나오는 저승의 왕)의 대변인이 되기라도 하느냐!"

"주인님, 잠깐만 기다리시죠."

이솝은 눈 하나 깜짝하지 않고 조용히 대답했다.

"곧 하이데스의 나라에 가게 될 테니까요."

그때 한 제자가 끼여들었다.

"스승님, 인간은 무엇이든 할 수 있다고 믿으십니까?"

혀 꼬부라진 소리로 크산토스가 대답했다.

"누가 또 인간으로 주제를 바꾸었느냐? 암튼…… 그렇지, 그렇고 말고, 인간은 뭐든지 다 할 수 있어."

"인간이 뭐든지 할 수 있다면, 바닷물을 다 마셔버릴 수도 있겠군요?"

"그걸 말이라고 하나? 그건 나도 할 수 있다네."

"스승님이? 만약 못하실 경우엔 어떡하시겠습니까?"

"나의 전 재산을 걸고 장담하지! 만일 내가 몽땅 마시지 못한다면, 전 재산을 내놓겠네!"

그 술자리에 있던 사람들은 모두 반지를 빼내어 내기의 담보물로 삼았다.

취한 크산토스 옆에 바짝 붙어 있던 이솝은 즉시 주인의 목덜미를 살짝 치며 말했다.

"아아, 아니, 주인님, 취하셨습니까? 어떻게 바닷물을 다 마신단 말씀입니까?"

크산토스는 여전히 혀가 말린 소리로 중얼거렸다.

"시끄러워, 이 더러운 놈아!"

이튿날 아침, 술에서 깨어난 크산토스는 세수를 하기 위해 이솝을 불렀다.

"부르셨습니까요?"

"손에 물 좀 부어라."

이솝은 주인이 시키는 대로 크산토스의 손에 물을 부었다. 푸푸 세수를 하던 크산토스는 그제서야 자신의 손가락에서 반지가 없어졌다는 사실을 깨달았다.

"이솝, 내가 반지를 어디에 두었느냐?"

"모르겠습니다요."

"이런, 제길!"

이솝은 안타깝다는 듯 크산토스를 바라보았다.

"저, 그, 주인님, 빼돌릴 수 있는 재산은 무엇이든지 어서 숨겨야겠습니다. 어젯밤에 주인님이 전 재산을 도박에 걸어 모두 날릴 수 있기 때문입니다요."

"너, 방금 뭐라고 한 게냐?"

"네, 어젯밤 주인님이 바닷물을 몽땅 마실 수 있다는 쪽에 전 재산을 걸었고, 모두 반지를 빼서 내기의 담보물로까지 삼으셨다는 얘기입죠."

"뭐라고? 내가 바닷물을 몽땅 마신다고? 아이구나, 내가 무슨 수로 그렇게 한단 말이냐?"

"그래서 제가 말리지 않았습니까요? 제정신이 아니신 것 같아서요. 그런데 주인님은 제 말이라면 귓등으로도 들으려 하지 않으시니……."

크산토스는 자리에 털썩 주저앉고 말았다.

"이솝, 어떻게 하면 이번 내기에서 이길 수 있을까? 아니, 혹시, 없었던 것으로 할 수 있는 방법이 없을까?"

"주인님, 내기에서 이길 수는 없습니다요. 하지만 내기를 무효로 만들 수는 있겠습니다."

"어어, 어떻게?"

"오늘, 심판이 내기 상대방을
데리고 나타나서, 주인님에게
바닷물을 모두 들이마시라고 요구할
것입니다요. 또 주인님이 바닷물을 어떻게 마시는지 보려고
구경꾼들이 벌떼처럼 몰려들 것입니다요. 절대로 내기를
거부해서는 안됩니다. 물잔에 바닷물을 담아서 심판에게
물어보십시오, 「내기가 무엇이었지요?」 하고 말씀입니다요.
심판이 이렇게 말하겠지요, 「바닷물을 모두 마시기로 하지
않으셨소?」 그러면, 「그게 다요?」라고 물어보세요. 심판이
「그렇소」라고 대답할 것입니다요. 그러면, 그때, 이렇게
연설하시는 겁니다.

「친애하는 시민들 여러분! 수많은 강줄기가 모두 바다로
흘러듭니다. 난 바닷물을 마신다고 했지, 바닷물에 뒤섞인
강물까지 마신다고는 하지 않았습니다. 그러므로 나는 나의
내기 상대에게 바다로 들어오는 모든 강줄기를 막아줄 것을
요구하는 바입니다. 물론 그것이 불가능하다는 사실을 나는
알고 있습니다. 어찌 바다로 흘러드는 강줄기를 막을 수가
있겠습니까? 그러나, 어쨌든, 그렇기 때문에, 바닷물을 마실

"그러나, 어쨌든, 그렇기 때문에,
바닷물을 마실 수 없는 것이 유감일 뿐입니다."

수 없는 것이 유감일 뿐입니다.」

이런 식으로, 일단 난센스는 난센스로 해결하는 겁니다요.
당연히 내기는 의미가 없어지게 될 것 아니겠습니까요?"

크산토스는 이솝의 기지에 놀라 감탄을 금치 못했다.

얼마 안 있어, 크산토스와 내기를 걸었던 제자가 집으로
찾아왔다. 그는 자신의 도시에서 가장 권위가 있는 사람을
심판으로 대동하고 있었다. 제자가 문밖에서 외쳤다.

"스승님, 내기를 시작하시든지, 전 재산을 내놓으시든지,
어서 선택하십시오."

그때 이솝이 크산토스를 대신해 나섰다.

"여보쇼, 당신 재산 걱정이나 하시죠! 우리 주인님은 이미
반쯤 이긴 거나 다름없다 이겁니다."

제자도 지지 않고 빈정거리며 대꾸했다.

"이솝, 너 조심하는 게 좋을걸. 이제 곧 나를 주인님으로
모셔야 할 터이니."

"말도 안되는 소리 그만 좀 하시고, 우리 주인님에게 바칠
재산이나 꼼꼼히 헤아려 보쇼."

이제 이솝은 해변가에 푹신한 의자와 탁자, 그리고 여러

개의 물잔을 갖다 놓았다. 호기심이 많은 구경꾼들은 떼를 지어 모여들었고, 크산토스는 의자로 가서 앉았다. 이솝은 물잔마다 바닷물로 가득 채웠다.

내기 상대인 제자가 큰소리로 물었다.

"진짜로 바닷물을 마시려는가 보네?"

크산토스는 손짓으로 심판을 불렀다.

"내기가 무엇이었지요?"

그 질문에 심판 대신 제자가 대답했다.

"스승님이 「바닷물을 모두 마실 수 있나」 하는 것이지요."

"그것뿐이냐?"

이번엔 심판이 답변했다.

"그렇소."

그러자 크산토스가 자리에서 천천히 일어나더니, 자신을 에워싸고 있는 구경꾼을 향해 외쳤다.

"친애하는 시민들 여러분! 수많은 강줄기가 모두 바다로 흘러듭니다. 난 바닷물을 마신다고 했지, 바닷물에 뒤섞인 강물까지 마신다고는 하지 않았습니다. 그러므로 나는 나의 내기 상대에게 바다로 들어오는 모든 강줄기를 막아줄 것을 요구하는 바입니다……."

이로써 내기는 완벽하게 크산토스의 승리로 기록되었다.

군중들은 큰소리로 그의 이름을 연호했다.

"크산토스 만세!"

내기를 강행했던 제자는 스승 크산토스의 발 아래 엎드려 울먹이며 용서를 빌었다.

"위대한 스승이시여, 제가 어리석었습니다."

결국 내기는 없었던 일로 되고 말았다.

집으로 돌아오는 길에 이솝이 크산토스에게 부탁했다.

"주인님, 제가 주인님의 재산을 구했습니다. 그러니 저를 노예에서 벗어나게 해주십시오!"

하지만 크산토스는 역정을 내었다.

"너는 어째서 언제나 사람을 잡아먹지 못하여 안달이냐, 한시도 나를 편하게 해주지 않는구나."

이솝은 노예로 계속 살아야 하는 현실보다도, 주인에 대한 배신감에 심한 좌절과 굴욕을 느껴야 했다. 그렇지만 참는 수밖에 달리 무슨 도리가 없었다.

열번째 자두의 비밀

화창한 여름날이었다. 이솝은 집 안에 한 사람도 없는 줄 알고, 문을 활짝 열어놓은 채 자위를 하고 있었다. 그런데 갑자기 안주인이 나타났다.

"이솝, 너 무엇 하는 짓이냐?"

"소인을 위해 좋은 일을 하고 있습니다요."

순간 크산토스의 아내는 이솝의 그것이 엄청나게 큰 것을 보게 되었다. 깜짝 놀란 그녀는 그의 못생긴 외모를 한순간 머릿속에서 잊어버리고, 오히려 그에게 호기심을 느꼈다.

"나에게도 좋은 일을 해주겠니? 그러면 너도 너의 주인님 못지않은 큰 즐거움을 누릴 수 있을 것이야."

"그렇지만, 마님. 주인님이 조그만 낌새라도 눈치챈다면, 하나뿐인 이 목숨이 남아나지 못할 텐데요."

그러자 안주인은 교태를 흘리며 적극적으로 유혹했다.

"나에게 열 번을 만족시켜준다면, 너에게 근사한 새 옷을 선물하겠다."

"정말입니까요? 약속하시는 거죠?"

이솝은 재산과 명예를 구해준 자신에게 고마워하기는커녕 여전히 무시하고 함부로 대하는 크산토스에게 복수를 하고 싶어졌다. 또다른 한편으로 안주인의 약속을 굳게 믿었기 때문에 그녀가 원하는 그것을 받아들이기로 하였다. 그러나 아홉 번까지 실행하고 나자 더이상은 어떻게 해볼 도리가 없었다.

"도저히 더는 못하겠습니다!"

크산토스의 아내는 완강했다.

"열 번을 다하면, 내가 근사한 옷을 선물하기로 약속하지 않았느냐!"

이솝은 이를 악문 채 열번째 작업을 시도하였다. 그런데 아뿔사! 그만 안주인의 허벅지에 실수하고 말았다.

"이제 근사한 새 옷을 주시는 거지요? 아니면 주인님에게 고자질하겠습니다요."

그러나 실컷 재미를 보고 아쉬울 것이 없어진 크산토스의 아내는 이솝을 약 올리기로 작정했다.

"내가 너를 불러들인 것은 밭을 일구라고 한 것이지, 다른 곳에다 씨앗을 뿌리라는 것이 아니었단다. 그러니까 애초에 약속했던 작업을 마저 하거라. 그래야 새 옷을 선물받을 수 있을 것이야."

그날 크산토스가 집으로 돌아오자 이솝이 말을 붙였다.

"저, 마님에 대한 고충을 털어놔도 되겠는지요……?"

"그래, 무슨 일이냐?"

"제가 마님을 모시고 들판으로 외출 나갔을 때였습니다. 탐스런 열매가 주렁주렁 매달린 자두나무를 보고 마님이 말씀하셨답니다. 「네가 한 번에 10개의 자두를 떨어뜨릴 수 있다면, 새 옷을 선물해주겠다」고요. 운이 따랐는지, 제가 나뭇가지를 정확히 맞춰 한 번에 10개의 자두를 떨어뜨릴 수 있었답니다. 그런데 자두 한 개가 그만 똥 위로 떨어졌지 뭡니까? 아무리 그렇다고 새 옷을 주지 않으시겠다니, 이거

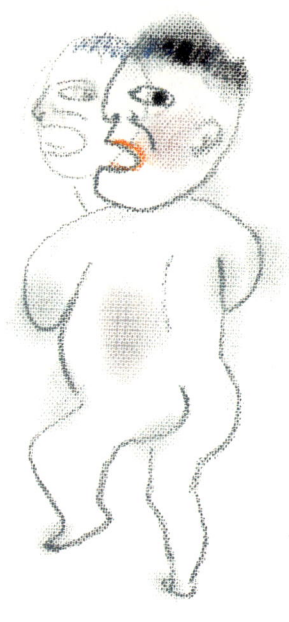

"나에게 열 번을 만족시켜준다면,
너에게 근사한 새 옷을 선물하겠다."
"정말입니까요? 약속하시는 거죠?"

너무하지 않습니까? 약속을 어기는 겁니다요."

옆에서 크산토스의 아내가 거들었다.

"제 말씀을 좀 들어보세요. 바로 대변 위에 떨어진 자두를
어떻게 인정할 수 있겠어요? 그러니 근사한 옷을 받으려면
당연히 한 번 더 던져서 아주 싱싱한 과일을 가져와야 하지
않겠습니까?"

이솝이 고개를 절래절래 흔들었다.

"저는 더이상 기력이 없습니다요."

크산토스는 이솝에게 안쓰러운 마음이 들었는지, 그에게
어서 새 옷을 선물하라고 아내를 재촉하였다.

제발, 저를 풀어주세요!

어느 가을날, 크산토스가 이솝에게 명령했다.

"너도 잘 알다시피, 새를 보고 점치는 일을 내가 좋아하지 않느냐. 어서 문밖에 나가서 혹시 흉조가 보이지나 않는지 살피거라. 그리고 만약 까마귀 한 쌍을 발견한다면, 그 즉시 나에게 보고하여야 한다. 그것을 보는 사람에게 큰 행운이 따른다지 않느냐?"

문밖으로 나간 이솝은 곧 한 쌍의 까마귀를 보게 되었다. 그 순간 잽싸게 안으로 뛰어들어와 보고했다.

"주인님, 얼른 이쪽으로 와보세요. 지금 까마귀 한 쌍을 볼 수 있습니다요."

그러나 크산토스가 기대에 가득 차서 밖으로 나왔을 때는 이미 한 마리가 날아간 뒤였다.

"이런 멍청한 놈을 보았나! 분명히 「까마귀 한 쌍」이라고 하지 않았느냐? 어찌 그리 말귀를 못 알아듣느냐? 까마귀가 한 마리밖에 없거늘, 왜 나를 불렀느냐?"

"그 사이 한 마리가 날아간 건데요."

"네놈이 지금 나를 약 올리는 것이냐?"

크산토스는 다른 노예들을 불러 노한 목소리로 명했다.

"이놈을 발가벗긴 뒤 피가 나도록 매질하거라!"

이솝이 정신없이 물매를 맞고 있는데, 크산토스의 친구가 하인을 보내 식사 초대를 알렸다.

그때 이솝이 괴로워하며 간신히 말했다.

"주인님, 어찌하여 무고한 사람에게 벌을 주시나요?"

"뭐, 무고한 사람에게?"

"주인님이 그러셨잖습니까? 까마귀 한 쌍을 보면 큰 운이

"이솝, 네가 그냥 이 금덩어리의 절반을 가지거라.
그리고 우리 둘 외엔 어느 누구에게도 이 사실을 발설하면 안된다!
죽을 때까지! 어떠한 일이 있어도……."

따른다고요. 그런데 까마귀 한 쌍을 본 저는 이렇게 물매를 맞는데, 겨우 한 마리밖에 보시지 못한 주인님은 어찌하여 식사 초대를 받는 겁니까요? 결국 길조니, 흉조니 하는 말은 헛소리이거나 미신인 것입니다요!"

크산토스는 다시 한 번 이솝의 명석함에 감탄하며, 즉시 매질을 중단시켰다.

몇 시간 뒤, 철학자 크산토스는 종 이솝의 시중을 받으며

교외로 발걸음을 옮기고 있었다. 우연히 공동묘지의 앞길을 지나치게 되었는데, 크산토스는 묘지의 비명을 하나하나 소리내어 읽는 것에 흥미를 느끼게 되었다. 그렇게 지나던 중, 이솝이 도저히 이해할 수 없는 비문 하나를 발견했다.

"주인님, 이게 무슨 뜻일까요?"

도무지 앞뒤 문맥이 맞지 않는 내용이 새겨진 비문의 뜻을 크산토스인들 알 턱이 없었다.

"네 생각은 어떠하냐?"

"어쩌면 이 요령부득의 비문을 해석하여 제가 주인님에게 금덩어리를 선사할 수도 있을 것 같습니다요. 근데 정말로 놀라운 일이 현실에서 일어난다면, 주인님은 저에게 어떻게

해주시겠습니까요?"

"그 보물의 반과 자유를 너에게 주겠노라!"

그 말에 이솝은 주변을 샅샅이 뒤져 깨진 사기조각을 주워 들었다. 묘비를 뒤로 하여서 정확히 네 걸음을 걸어나간 후, 그 자리를 열심히 팠다. 얼마간 땅을 계속 파헤치던 이솝은 곧 휘황찬란한 금덩어리를 꺼집어낼 수 있었다. 이솝은 그 금덩어리를 크산토스 앞에 바치며 말했다.

"주인님, 이제 약속을 지켜주십시오."

"잠깐만 기다려라. 이걸 어떻게 찾아낼 수 있었는지 먼저 듣고 난 후에 그렇게 하마. 그것이 이 값진 보물보다 더욱더 소중한 것이리라."

"그건 이렇습니다요. 비문의 내용이 도무지 뜻이 통하지 않는 것 같지만, 각 문장의 첫글자만 떼어서 붙이면, 이러한 말이 되지요. 「뒤로 돌아 네 걸음을 가라. 그리고 땅을 파라. 거기에 금덩어리가 있을 것이다.」"

"호오, 그토록 비상한 머리보다 더한 보물은 없을 것이니, 너는 이미 세상에서 부러울 게 없는 보물을 지녔구나. 굳이 이 금덩어리 반쪽을 떼어줄 필요가 없겠어."

이솝이 즉시 말했다.

"그렇다면 이 금덩어리를 원래의 주인에게 바치십시오."

"누가 원래의 주인인데?"

"비잔틴 제국(4~15세기경까지 콘스탄티노플을 중심으로 번성한 동로마 제국의 또다른 이름. 여기서 이솝은 기원전 6세기경 그리스의 인물이지만, 구전으로 전해지던 그의 생애가 기록된 것이 10세기경의 일이었다. 그래서 문자로 기록될 당시의 비잔틴 문화가 엿보인다)의 디오니시우스 왕입니다요."

"네놈이 그걸 무슨 수로 아느냐?"

"이 비문에 씌어 있습니다요. 자, 같은 방향으로 첫글자만 읽어보세요. 「여기에서 꺼집어낸 보물은 모두 디오니시우스 왕에게 바치도록 하여라.」"

"이솝, 네가 그냥 이 금덩어리의 절반을 가지거라. 그리고 우리 둘 외엔 어느 누구에게도 이 사실을 발설하면 안된다! 죽을 때까지! 어떠한 일이 있어도……. 그리고 어서 집으로 돌아가자꾸나. 우리 둘이서 황금을 나누어 가진 뒤, 너에게 진정한 자유를 허락하겠노라."

그러나 대문 안으로 발을 들여놓기가 무섭게, 크산토스는 이솝을 광에 가두어버렸다.

이솝은 두려움과 배신감에 떨며 크산토스에게 간청했다.

"제발, 저를 풀어주세요! 대신 금덩어리는 주인님 혼자서 다 가지세요!"

"이런, 약아빠진 놈! 네놈을 풀어주면, 당장 디오니시우스 왕에게 달려가 이 모든 사실을 낱낱이 고해 바치고, 네놈이 나를 음해할 것이 뻔하지 않느냐? 내가 바보가 아니니, 네가 그만 단념하거라!"

그대에게 자유를 허락하노라

　사모스에서는 이제 곧 법관을 선출하는 투표가 실시될 예정이었다. 모든 도시의 시민들이 원형극장으로 모여들자, 대법관이 법전과 봉인반지(편지나 서류 등을 봉한 면에 찍는 인장이 달린 반지로, 여기에서는 법관의 결정권을 상징한다)를 들고 한가운데로 걸어나왔다.

　"시민 여러분! 우리의 법전과 봉인반지를 수호할 새로운 법관을 선출하도록 합시다."

　시민들이 차기 법관으로 누가 좋을지 서로 의논하고 있을 때, 어디에선가 독수리 한 마리가 나타났다. 그 독수리는 눈 깜짝할 사이에 하늘에서 내려와, 봉인반지를 낚아챈 후 순식간에 날아가 버렸다. 그것을 불길한 징조라고 받아들인 사모스인들은 경악을 금하지 못했다. 속히 사람을 보내 이

불안한 사건이 무엇을 뜻하는지 시원하게 밝혀줄 예언자와 사제들을 모셔오도록 하였다. 그러나 어떤 예언자와 사제도 그것이 무슨 뜻인지 분명하게 밝혀내지 못했다.

그때 구름 같은 군중들 속에서 한 노인이 용감하게 일어나 큰소리로 외쳤다.

"위대한 사모스의 시민들이여! 기껏 자신들의 뱃속이나 채우면서 납득할 만한 어떠한 해석도 내놓지 못하는 사람들 때문에, 우리가 하루 종일 귀한 시간을 허비한 데서야 말이 되겠습니까? 내 짧은 생각에는 이것이 대체 무슨 징조인지 밝혀내줄 사람은 학식과 경륜이 뛰어나야 할 것 같습니다. 우리에게는 철학자 크산토스 선생님이 있지 않습니까? 모든 헬라스(고대 그리스를 가리킴. 고대 그리스인들은 자기 나라를 「헬라스」라고 불렀다) 인이 그 철학자를 잘 알고 있습니다. 그가 이 수수께끼를 풀어줄 거라고 믿습니다."

크산토스는 자리에서 일어나, 지금 당장 밝혀낼 수 없으니 시간을 조금 달라고 요청하였다. 군중들이 웅성거리고 있는 동안, 좀전의 독수리가 다시 나타났다. 독수리는 원형극장 위의 하늘을 서너 바퀴 휘익 날더니, 봉인반지를 아래로 떨어뜨렸다. 반지는 한 관노(官奴)의 무릎 위로 떨어졌다.

이제는 이 사건마저도 크산토스의 몫이 되어버렸다. 그는 고민에 싸인 채 집으로 돌아왔다.

이솝의 도움이 절실해진 크산토스는 그를 달래기로 마음 먹었다. 먼저 그는 광에서 이솝을 데려오라고 명한 뒤, 그의 족쇄를 풀어주었다. 그러자 이솝이 이를 거부했다.

"저를 그냥 내버려두십시오!"

"이솝! 족쇄를 풀어야 이 위대한 나라에서 일어나는 온갖 수수께끼를 네가 마음놓고 풀 수 있을 것 아니냐?"

"아하! 역시……. 그래서 저에게 이러시는 거군요. 어쩌면 그렇게 자신만 생각할까?"

"고집 그만 부리고, 나를 좀 도와다오!"

곧 이솝에게 채워져 있던 족쇄가 풀어졌다. 이솝은 무슨 수수께끼 같은 사건이 벌어졌는지 궁금해졌다. 크산토스는 원형극장에서 있었던 일을 자세하게 설명하였고, 이솝은 진지하게 생각해보겠노라고 다짐했다.

이튿날 아침, 해가 중천에 밝았지만, 아직 분이 덜 풀린 이솝은 크산토스를 골탕먹이고 싶었다.

"주인님, 그것이 무슨 의미인지 알 수만 있다면야, 제가

독수리는 눈 깜짝할 사이에 하늘에서 내려와,
봉인반지를 낚아챈 후 순식간에 공중으로 날아가 버렸다.

기꺼이 도와드리겠습니다요. 그런데 제가
아무리 생각하여도 원형극장에서 벌어졌던
사건은 정말이지 난해합니다요. 제가 무슨
점쟁이도 아니고……."

　마침내 이솝에게 걸었던 마지막 희망마저 사라지게 되자,
크산토스는 큰 절망에 빠졌다. 그는 사모스의 모든 시민이
모인 자리에서 치명적인 망신을 당하느니, 차라리 목숨을
끊고야 말겠다는 결심을 품게 되었다. 해가 기울고 주변이
어둑어둑해지자, 그는 밧줄을 든 채 홀로 대문을 나섰다.
　그 순간 자신의 침대에서 뒤척이고 있던 이솝은 누구인가
대문을 슬쩍 밀치며 밖으로 나가는 발자국 소리를 들었다.
크산토스였다. 그는 주인의 뒤를 살금살금 밟기 시작했다.
크산토스는 도시 외곽까지 한참 걸어나갔다. 숲이 나오자,
그는 작은 나무들을 헤치며 계속 깊숙이 들어갔다. 마침내
큰 나무 아래에서 기도하듯 조용히 멈춰섰다. 나뭇가지에
밧줄을 던지더니 둥근 고리를 하나 만들었다. 그가 밧줄에
목을 매달려는 찰나, 이솝이 날카롭게 외쳤다.
　"주인님, 잠깐만 기다리세요!"
　예상치 않게 나타난 이솝에게 크산토스가 소리쳤다.

"이솝, 이놈아! 하필이면 이렇게 중요한 순간에 나타나서, 왜 또 나를 방해하는 것이냐?"

"주인님의 철학, 생활신조며 원리, 원칙은 모두 어디로 간 겁니까요? 늘 자신을 절제하라던 말씀은 어떻게 된 것이죠? 아아, 주인님의 철학은 아무것도 아니었다는 말씀입니까요? 이런 식으로 죽는 건 아무런 의미가 없습니다. 그만 집으로 가십시다!"

"저리 꺼져라! 나에게 남은 선택은, 명예로운 죽음 아니면 치욕스런 삶뿐이다. 이제 더이상의 여지가 없어."

"그런 말씀 마십시오! 밧줄은 그냥 내버려두고, 제 말씀을 좀 들어보십시오! 제가 그 불가사의한 사건을 한 번 해석해 보겠습니다요."

"어떻게……? 진정 그것이 가능하겠느냐?"

"저를 원형극장으로 데려가십시오. 그리고 독수리 사건의 불가사의함에 대하여 설명하신 다음, 그리스 철학은 예언과 다른 학문이라고 근사하게 연설하십시오. 다음 차례로 저를 주인님의 제자라고 소개해주십시오. 그후에 제가 나서서 이 문제를 한 번 해결해보겠습니다요."

결국 설득당한 크산토스는 이솝의 의견을 따르기로 하고,

마침내 집으로 돌아왔다.

 이튿날 크산토스는 원형극장에서 연설을 했다.

 "나의 철학은 오직 합리성에 기반을 두고 있으며, 오로지 이성적인 사유의 테두리 안에서만 가능합니다. 그리고 저는 철학자일 뿐이며, 한낱 예언가나 점쟁이가 결코 아닙니다. 그러므로 철학자인 본인이 이와 같은 기이한 징조에 대하여 해석을 시도한다는 건 가당치 않은 일입니다. 저의 본분에 어긋나는 행동이기 때문입니다. 그렇지만 오늘 제가 이곳에 데리고온 노예는 나의 철학강의를 계속 들어온 제자로서 예언적 능력이 눈부시게 뛰어납니다. 여러분에게 그를 잠시 소개해드리고자 합니다."

 이솝이 무대 전면으로 등장했다. 그러자 군중들은 폭소를 터뜨리며 야유했다. 그들은 앞다투어 소리를 질렀다.

 "저게 인간이야? 개구리지!"

 "다른 사람을 불러 오시오!"

 "멧돼지처럼 생겼군!"

 "원숭이를 데려다 놓고 뭘 하자는 거야!"

 "꼭 개처럼 생겼는걸!"

이솝은 조금의 흔들림 없이 조용하게 듣고 있다가, 그들이 잠잠해지자 이윽고 입을 열었다.

"시민 여러분! 왜 저를 비웃고 모욕하는 것입니까? 비록 외모는 매우 괴로운 모습이지만, 저의 생각마저 무시하지는 말아주십시오! 어떤 사람이 못생겼다고 해서 머릿속까지 텅 비었을 것이라고 추측하는 일은 매우 위험한 행동입니다요.  의사는 절대로 환자의 외양만 보고 급히 진단을 내리지 않습니다. 맥을 짚어보고 충분한 진찰을 한 뒤에 비로소 판단하는 법입니다. 또한 포도주통이 생긴 모양은 익히 알고 있지만, 그 속에 든 포도주를 맛보지 않은 사람이라면 그 포도주에 대하여 결코 안다고 할 수 없습니다."

사람들은 이솝이 생긴 겉모습과는 달리 형편없는 바보가 아니라는 사실을 점차 깨닫기 시작했다.

"좋아, 그럼 시작해보게! 그게 무슨 의미인 것이지?"

"사모스 시민 여러분! 저와 같은 노예는 아무리 말솜씨가 뛰어나다고 하더라도, 자유로운 시민 앞에서 그 불가사의한 징조를 해석할 수는 없사옵니다. 제가 자유인이 아닌 이상, 제게 자유롭게 말할 권리가 없기 때문입니다. 그러니 제가 자유인이 되도록 은혜를 내려주십시오. 그래야 저의 해석이 옳다고 드러나면, 제가 다른 자유인처럼 존경을 받을 수가 있을 것이며, 그렇지 않을 경우, 저 역시 자유인으로서 벌을 받게 될 것입니다."

청중 가운데 몇몇이 외쳤다.

"크산토스 선생님, 이솝을 자유롭게 풀어주세요!"

동시에 대법관도 거들었다.

"크산토스여, 이제는 그를 자유롭게 해주게!"

그렇지만 크산토스는 이솝이 자유의 몸이 되는 것을 원하지 않았다.

"지금까지 아무런 탈 없이 일을 잘해온 이 노예를 갑자기 자유롭게 풀어줄 수는 없습니다."

대법관이 대답했다.

"정 그렇다면, 그 노예를 우리에게 팔게나. 대법관인 내가 시민들을 대표해서 그를 자유인으로 선포할 것이니!"

순간 크산토스는 겨우 75데나리라는 헐값에 이솝을 샀던 오래된 기억을 떠올렸다. 그것을 창피하게 여긴 크산토스가 충동적으로 외쳤다.

"나, 크산토스는 위대한 사모스 시민들의 지혜로운 뜻에 따라 이제부터 이솝에게 자유를 허락하노라!"

이솝이 자리에서 벌떡 일어나 말했다.

"사모스의 시민 여러분! 이번 결정은 저뿐만 아니라 시민 여러분을 위해서도 옳은 선택이었습니다. 이 기이한 사건은 우리 도시의 함락과 식민지화를 뜻합니다. 이제 곧 전쟁이 일어날 것입니다. 새들의 왕인 독수리가 반지를 빼앗아 가 어떤 관노의 무릎 위에 떨어뜨린 사건은, 다른 나라의 왕이 우리의 자유를 빼앗아 가고, 우리를 노예로 만들고, 우리의 법률을 무시하고, 우리를 지배하고자 한다는 뜻입니다."

이 길인가, 저 길인가

이솝의 말이 채 끝나기도 전에 크로이소스 왕(리디아 왕국 최후의 왕이다. 소아시아와 그리스의 여러 도시를 정복하였으나 페르시아의 왕 키루스 2세에게 패하였다)의 사신이 나타났고, 사모스의 최고위원들에게 만나기를 요청했다. 최고위원들 앞으로 인도된 그는 곧 크로이소스 왕의 친서를 전달했다. 친서는 바로 개봉되어 그 자리에서 공개되었다.

리디아의 왕 크로이소스가 사모스의 최고위원회와 의회, 그리고 시민 여러분께 인사드립니다.

여러분에게 나는 지금부터 공물을 바칠 것을 엄명합니다. 만약 자발적으로 이것을 시행하지 않을 경우, 무력을 동원해 강제로 집행할 뜻임을 밝힙니다.

사모스의 최고위원회는 지체하지 않고 곧바로 군중들을 설득하고자 시작하였다. 크로이소스 왕에게 순순히 공물을 바침으로써 전쟁을 막자는 것이었다. 시민들은 우선 이솝의 예언이 적중했음을 이해하고 그에게 경의를 표했다. 그후에 크로이소스 왕의 요구를 받아들여야 할지 다시 물었다.

"사모스의 시민들이여! 우리의 최고위원회는 이미 공물을 바치자고 결정하였습니다. 그런데도 여러분은 어떻게 하면 좋겠느냐는 물음을 저에게 던졌습니다. 이 순간, 만일 제가 「공물을 바치지는 마십시오!」라고 말한다면, 저는 반드시 크로이소스 왕의 제거 대상 1순위로 지목될 것입니다."

그러나 흥분한 군중들은 계속 외쳤다.

"당신의 생각만 말씀해주십시오!"

"저의 생각을 여러분에게 모두 밝힐 수는 없습니다. 다만 이야기를 한 가지 들려드리겠습니다. 제우스의 명령으로 프로메테우스는 인간에게 두 가지 길을 제시했습니다. 쉽게

"자유를 향한 길은 처음에는
몹시 가파르고 험난하며 위험하기 짝이 없습니다.
그러나 그곳만 지나면 시원하게 탁 트인 평지로 인도됩니다.
나무마다 탐스런 과일이 열려 있고, 산책하기 아주 좋은 오솔길이 이어져 있습니다."

137

말해서, 자유의 길과 예속의 길을 제시한 것입니다. 자유를 향한 길은 처음에는 몹시 가파르고 험난하며 위험하기 짝이 없습니다. 그러나 그곳만 지나면 시원하게 탁 트인 평지로 인도됩니다. 그곳에는 나무마다 탐스런 과일이 열려 있고, 산책하기 아주 좋은 오솔길이 이어져 있습니다. 괴로움의 길이 극적으로 인생의 즐거움과 평온의 세계로 연결되는 것입니다. 그러나 예속으로 향하는 길은 처음에는 평탄하고 화려하게 보입니다. 하지만 금세 도로의 경사도가 심하게 커지고 폭이 좁아지며, 출구도 보이지 않게 됩니다."

대부분의 시민들은 이솝의 이야기가 무엇을 뜻하는지 바로 이해하고, 크로이소스 왕의 사신에게 힘차게 외쳤다. 「힘들고 위험한 길을 가겠노라!」고.

사신은 크로이소스 왕에게 돌아가 이솝이란 인물에 대해 자세하게 전했다. 그 말을 전해들은 크로이소스 왕은 당장 군대를 소집했다. 오래된 충신들도 그를 부추겼다.

"사모스로 진격합시다! 당장 사모스인들을 굴복시키고, 공물을 요구합시다. 그렇게 겁을 주면, 다른 나라들도 감히 전하에게 저항할 생각은 꿈도 꾸지 못하게 될 겁니다."

평소 생각이 깊은 한 고문이 말했다.

"원하옵건대, 사모스와 전쟁을 벌이는 일은 아니됩니다! 이솝이란 작자가 거기에 살면서 정책에 영향을 미치는 한, 사모스를 절대로 굴복시킬 수 없기 때문입니다. 차라리 그 작자를 넘겨달라 요구하는 대신, 나른 것으로 보상하겠다고 제의함이 타당합니다."

크로이소스 왕은 고문의 말에 마음이 크게 움직였다. 그는 전쟁을 선포하는 대신 고문을 사신으로 사모스에 보냈다. 크로이소스 왕의 고문은 서둘러서 사모스로 향했고, 그가 도착하자 사모스에서는 당장 대규모 집회가 소집되었다. 군중들은 외쳤다.

"이솝을 데려가시오! 크로이소스 왕에게 보내겠소!"

이솝은 마지막으로 발언할 기회를 달라고 요청하였다.

"사모스 시민들이여! 저 이솝은 크로이소스 왕에게 가서 기꺼이 죽기로 작정했습니다. 그러나 사모스를 따나기 전에 여러분에게 우화 하나를 들려드리고자 합니다. 나중에 이 내용을 저의 묘비에 새겨주셔도 좋겠습니다.

옛날 짐승들이 말을 할 수 있던 시절이었습니다. 늑대와

양의 무리가 전쟁을 하고 있었는데, 전세가 점차 늑대에게
유리한 쪽으로 진행되고 있었습니다. 그러자 양들은 개들과
연합하였고, 마침내 늑대를 몰아낼 수 있었습니다. 전쟁에
패한 늑대들은 양들에게 사신을 보냈습니다. 늑대의 사신이
양떼 사이를 걸어가며 말했습니다. 「더이상 전쟁을 원하지
않는다면, 개들을 우리에게 보내주시오!」 순박한 양들은 그
말에 설득당하여 순순히 개들을 보내주었습니다. 그러자
늑대는 개들을 갈가리 찢어발기더니, 곧 양들에게 쳐들어와
그들을 무자비하게 잡아먹었습니다.”

　　군중들은 이솝의 우화에 고개를 끄덕이며, 이솝을 보내지
않기로 재결의하였다. 그렇지만 이미 마음을 강하게 굳힌
이솝은 사신을 따라 크로이소스 왕에게 갔다.

어디서나 거침없는 말솜씨

크로이소스 왕은 이솝을 보자마자 그의 볼품없는 외모에 질겁을 하며 말했다.

"아, 아니, 사모스를 속국으로 삼고 공물을 헌납하게 하는 일을 방해한 놈이 너란 말이더냐? 생긴 것으로 봐서는 정말 믿기지 않는 일이구나. 네놈은 위험하기만 한 것이 아니라 수수께끼 그 자체로다."

"왕이시여! 소인은 강제로 이 나라에 온 것이 아니옵니다.

자발적으로 왔습니다. 저의 모습을 보시고 둔기로 뒤통수를 얻어맞은 듯이 그리 놀라시지만, 의사의 의술이 상처를 잘 아물게 하듯, 부족하지만 저의 언어가 폐하 마음의 상처를 달래드릴 것입니다. 그럼에도 저를 꼭 죽이고자 하신다면, 그것은 분명 폐하에게 큰 손해가 될 것입니다. 정히 그렇게 하신다면, 폐하에게 현명한 충언을 올리는 자들을 모조리 죽이라고 권유하는 간사한 신하들만 폐하 주위에 남아 있게 될 것입니다."

크로이소스 왕은 뜻밖에도 재기 넘치는 말솜씨에 놀라서 호기심을 숨길 수가 없었다.

"게 앉거라. 그럼, 어디 나에게 도움이 될 만한 이야기를 한 번 해보거라."

이솝은 꾸물거리지 않고 즉시 이야기를 시작했다.

"동물들도 말을 할 수 있던 시절이 있었습니다. 메뚜기를 잡아 볕에 말린 뒤, 시장에 내다팔며 생계를 꾸리는 가난한 한 남자가 있었습니다. 어느날 메뚜기 한 마리를 죽이려고 하는데, 그 메뚜기가 이야기하였습니다.

「부디 절 살려주세요. 이 한 몸 죽어봤자 당신에게 득 될 것이 별로 없어요. 나는 이삭 하나에도 손대지 않고, 나무에

142

해를 끼치지도 않아요. 그저 인간을 즐겁게 해주기 위하여 아름다운 소리를 낼 뿐입니다.」

그 남자는 간절한 간청에 동정심을 느끼고, 메뚜기를 금세 풀어주었답니다. 저의 경우도 이와 다르지 않습니다. 부디 동정심을 베푸소서! 저는 군대를 일으킬 힘이 없으며, 다른 사람을 모함하거나, 거짓된 행동을 하지도 못합니다. 제가 할 수 있는 것이라곤, 오직 인간을 현명한 길로 이끌기 위해 말을 하는 것뿐입니다."

크로이소스 왕은 깊이 공감하였다.

"으음, 네놈을 살려둘 수밖에 없겠구나! 소원이 있다면 한 가지만 말하여라, 내 들어주리라."

"전하, 사모스와 평화협정을 맺으십시오!"

크로이소스 왕은 그 말에 천천히 고개를 끄덕였고, 이솝은 그의 발 아래 엎드려 고마움을 표했다.

크로이소스 왕은 사모스인에게 직접 쓴 편지를 이솝에게 건네주었다. 이솝은 그의 편지를 받아들고 곧바로 사모스로 돌아왔다.

군중이 대규모로 모인 광장에서 이솝은 크로이소스 왕의 친서를 직접 읽었다. 거기에는 두 도시국가 사이에 평화를

"제가 할 수 있는 것이라고는,
오직 인간을 현명한 길로 이끌기 위해 말을 하는 것뿐입니다."

유지하자는 내용과 함께, 이러한 결정에 이르기까지 이솝의 도움이 컸다는 표현이 적혀 있었다.

사모스인들은 이솝의 공적을 의미 있게 기리어, 그가 처음 사모스로 들어와서 크산토스에게 팔렸던 그 자리를 「이솝 광장」이라고 이름 붙였다.

이솝은 뮤즈에게 고마움의 제사를 올리는 한편, 사원을 작게 만들고 그곳에 므네모시네(그리스 신화에 나오는 기억의 여신으로, 뮤즈의 어머니이다)의 작고 소박한 입상을 세웠다. 그러자 아폴론(그리스 신화에 나오는 의술·궁술·문학·음악·예언·가축의 신. 또한 태양의 신으로 태양과 동일시되기도 하는데, 이는 그리스와 로마의 사람들에게 아폴론은 지성과 문화의 상징이기 때문이다)이 자신의 입상을 세우지 않았다는 이유로, 예전에 마르시아스(프리기아 사람으로, 아테나가 버린 피리를 주워들고 키타라를 연주하는 아폴론과 실력을 겨루지만, 결국 아폴론에게 져서 나무에 매달리는 벌을 받았다)에게 했던 것처럼, 이솝에게 마구 화를 내고 분풀이를 하였다.

바빌론의 꿈 같은 나날

　그 사건 이후로 이솝은 계속 사모스에서 조용하게 살았다. 그러던 어느날, 비록 사람들로부터 존경을 받으며 남부럽지 않은 생활을 하고 있음에도, 이솝은 다른 나라를 여행하고 싶은 욕망을 누를 길이 없었다. 결국 그는 먼 길을 떠났다. 그동안 꽤 많은 재산을 모아두었기 때문에 여러 나라를 여행하는데 아무런 문제가 없었다. 어느 나라를 가든, 그의 거침없는 말솜씨는 여전하였다.

　이솝은 그렇게 한참을 떠돌다, 마침내 바빌론에 도착했다.

리쿠르고스 왕이 지배하고 있을 때였다. 이솝이 바빌론으로 들어오고 얼마 지나지 않아 그가 얼마나 지혜로운지에 대한 소문이 바빌론 구석구석으로까지 널리 퍼졌다. 결국 그러한 입소문이 리쿠르고스 왕의 귀에까지 흘러들어가, 이솝에게 궁정의 관직이 내려지기에 이르렀다.

당시의 왕들은 전쟁이 아니라, 지혜 겨루기를 통하여 서로 월계관을 차지하려고 치열하게 경쟁하고 있었다. 그들은 서로에게 까다롭고 난해한 문제를 보내었고, 만약 문제를 풀지 못하면 그 문제를 가져온 사신들 편에 공물을 보내는 것이 관례였다.

다행하게도 리쿠르고스 왕은 자신에게 보내오는 문제들을 이솝의 도움으로 명쾌히 풀 수 있었다. 동시에 리쿠르고스 왕이 출제할 차례가 되면, 이솝이 특별히 난해한 문제를 만들었고, 도저히 해답을 구하지 못한 상대편의 나라에서 속속 공물을 받게 되었다.

자연스럽게 이솝은 왕에게 특별한 총애를 받았고, 이런 방식으로 바빌론 왕국은 더욱더 번성할 수 있었다.

자연스럽게 이솝은 왕에게 특별한 총애를 받았고,
이런 방식으로 바빌론 왕국은 더욱더 번성할 수 있었다.

아직 그가 살아 있사옵니다!

바빌론에서 입지를 굳힌 이솝은 「헬리오스」라는 이름을 지닌 귀족 출신의 젊은이를 양자로 삼게 되었다. 어느날 왕 앞으로 양자를 데리고 가서, 그 청년이 자신의 「후계자」임을 소개했다. 이런 표현은 그가 핏줄을 잇는 아들이라기보다, 지혜를 전수받는 제자라는 뜻을 강조한 것이었다.

이솝은 마음을 다하여 헬리오스에게 지혜를 전수하였다. 그러던 어느날, 헬리오스가 왕의 귀여운 애첩을 유혹했다. 그 소식을 전해들은 이솝은 벼락 같은 화를 뿜으며, 그에게 도덕을 어지럽힌 행위의 대가로 자신의 목숨을 잃게 될지도 모른다고 경고했다.

그러나 양아버지에게 도리어 앙심을 품은 헬리오스는,

친구들의 꼬임에 빠져서 자신의 양아버지를 모함하기로 작정하였다. 그는 리쿠르고스 왕의 절대적 정적에게 이솝의 이름으로 편지를 썼다. 앞으로는 그를 도와서 리쿠르고스 왕에게 대항할 것을 맹세한다는 내용이었다. 마지막으로 헬리오스는 그 편지에 이솝의 봉인을 찍고서, 리쿠르고스 왕에게 그 편지를 보여주었다.

"바빌론의 가장 위대한 왕이시여, 이것을 보소서. 전하의 충신으로 교묘하게 위장한 간신이 전하의 정적과 계략을 꾸미고 있었사옵니다."

왕은 심각하게 상심하여 궁정 경비대장 헤르미포스에게 이솝을 처단하라고 명령했다. 그러나 헤르미포스는 이솝의 절친한 친구였기 때문에, 그를 죽이는 대신 자신이 지키는 감옥에 몰래 숨겨주었다. 그리고 왕에게는 그의 분부대로 처리하였노라고 보고하였다. 상황이 이렇게 변하자, 이솝이 있던 관직에 헬리오스가 오르게 되었다.

이집트의 왕 넥타네보스는 이솝이 죽었다는 소문을 듣고, 이제 바빌론에는 자신이 보내는 문제를 풀 수 있는 사람이 한 명도 없다는 사실을 직감했다. 그는 리쿠르고스 왕에게 다음과 같은 편지를 보냈다.

　　이집트의 넥타네보스 왕이 바빌론의 리쿠르고스 왕에게
　　인사를 보내는 바이오!
　　그간 안녕하셨소? 나는 하늘도 땅도 닿지 않는 높은 탑을
　　세우고 싶소. 그러니 높은 탑을 세울 인부들과, 내가 내는
　　문제를 완벽하게 해결할 수 있는 신하 한 명을 곧 나에게
　　보내주시오.
　　만일 나의 요청대로 이루어진다면, 앞으로 바빌론에 10년
　　동안 조공을 하겠소. 하지만 내 요청을 들어줄 수 없다면,
　　반대로 앞으로 10년 동안 이집트에 조공할 것을 요구하는
　　바이오.

　이 편지를 받은 리쿠르고스 왕은 크나큰 절망감에 빠지지
않을 수 없었다. 그는 헤르미포스를 비롯한 측근들을 당장
불러모았다.
　"이 요구 사항대로 탑을 세울 수가 있겠느냐? 만약 세우지
못한다면, 내가 너희의 목을 차례로 치리라!"
　그러나 그 자리에 참석한 신하들은 해답을 찾지 못했다.

"사실은…… 이솝이 아직 살아 있사옵니다."
리쿠르고스 왕의 표정이 금세 환해졌다.

그중 한 명이 불만스럽게 말했다.

"어떻게 하여 하늘도 땅도 닿지 않는 높은 탑을 세울 수가 있겠습니까? 도저히 불가능한 일입니다!"

다른 사람이 말했다.

"폐하께서 원하시는 일이라면, 그것이 무엇이든지 하고자 원합니다. 하지만 이번 일은 저희도 속수무책이오니, 부디 저희를 너그러이 용서해주소서."

그러나 분노가 풀리지 않은 리쿠르고스 왕은 경비대원을 불러 측근들을 전부 사형시키라고 명령했다. 그러면서 왕은 자신의 얼굴을 때리고 머리를 쥐어뜯으며, 이솝을 처단한 사건을 후회했다. 절망감에 사로잡힌 그가 부르짖었다.

"내가 바보였어! 이렇게 아둔할 수가……."

순간 용기를 얻은 헤르미포스가 진실을 고하고자 무겁게 입을 열었다.

"폐하, 오늘이 저에게 마지막 날이라는 사실을 잘 알고 있습니다. 그러하기에 사실대로 고할 것이 좀 있사옵니다. 실은 제가 폐하의 명을 어긴 적이 한 번 있사옵니다."

"어떤 명령을 말이냐?"

"사실은…… 이솝이 아직 살아 있사옵니다."

리쿠르고스 왕의 표정이 금세 환해졌다.

"원래 오늘이 네놈의 제삿날이거늘, 지금 심정으로는 될 수만 있다면야 영원히라도 너의 목숨을 연장해주고 싶구나. 네가 이솝을 살려두었다니, 진정 나를 구원해주었구나. 내 너에게 충분한 보상을 내릴 것이니, 우선 이솝부터 어서 데려오너라."

잠시 후 이솝이 바빌론 왕 앞으로 인도되었다. 오랜 시간 감옥에 갇혀 있었던지라, 그의 모습은 차마 말로 할 수 없이 처참하였다. 산발인 머리에, 뼈만 앙상하게 남은 얼굴은 극도로 창백하였고, 걸레 조각처럼 더럽고 해어진 누더기 옷에서는 악취가 진동했다.

그의 모습을 보자마자 마음이 찢어지는 듯한 고통을 느낀 리쿠르고스 왕은 차마 눈을 뜰 수가 없어, 눈시울을 붉히며 얼굴을 돌려버렸다. 왕은 당장 이솝을 깨끗하게 씻기고 새 옷으로 갈아입힌 뒤, 음식을 대접하라고 일렀다.

이솝은 다시금 리쿠르고스 왕의 신하가 되었다. 그가 왕을 새로 알현하는 자리에서, 전에 있었던 편지 사건은 자신의 양아들인 헬리오스의 모함이라며, 맹세코 자신의 결백함을 주장하였다.

리쿠르고스 왕은 이솝의 말을 귀담아 듣고 헬리오스에게 사형을 내렸다. 그러나 그는 양아들의 목숨만은 살려달라고 호소했다. 헬리오스를 살려주면, 그는 아마도 양심의 가책 때문에 죽을 때까지 괴로워할 것이며, 그것이 지금 죽는 것보다도 더 큰 고통일 것이라고 왕을 설득하였다. 그 말에 동의한 왕은 결국 사형명령을 거두었다.

"이솝, 넥타네보스 왕이 보낸 이 편지를 읽어보게."

이솝이 편지를 읽더니 빙긋이 미소를 지었다.

"이집트 왕에게 이렇게 전하십시오. 「겨울이 지나면, 탑을 쌓을 인부들을 모두 보낼 것이오. 또한 당신이 던지는 모든 질문에 답할 수 있는 인물을 한 명 딸려 보내겠소」라고요."

리쿠르고스 왕은 이솝의 말 그대로 편지를 쓴 뒤, 사신을 통하여 이집트의 왕에게 보냈다. 바빌론의 왕은 이솝에게 후한 상을 내려 다시금 자신의 총애를 표하고, 헬리오스에 대한 벌은 이솝에게 일임하였다.

잘난 체 말고, 질투도 말라!

이솝은 헬리오스의 양심에 엄한 소리로 꾸짖었다.

"나의 말을 잘 듣거라! 그토록 너에게 사랑을 베풀었건만, 어찌하여서 너는 은혜를 배신으로 되갚는 것이냐? 지금부터 내가 하는 말을 가슴속 깊이 새겨들어야 할 것이다!

신을 숭배하여라! 그리고 임금을 숭상하여라! 왕의 권력 또한 신들의 그것에 못지않느니라! 또 스승을 부모와 같이 존경하여라! 부모의 사랑이란 인간의 본성 그 자체이다. 그러나 혈연적인 관계가 아니지만, 오직 인간의 의지와 사랑으로 아껴주는 사람에게는 2배로 고마워해야 한다.

그리고 날마다 먹는 일에 정성을 기울여 공부에 어려움이
없도록 하여야 하며, 늘 건강하거라! 만일 궁정에서 폐하에
대한 소문을 듣게 되면 마음속 깊이 묻어두어, 그 소문으로
인해 희생자가 되지 않도록
유념하거라.

아내에게는 언제나 사랑을
표현하여라. 그래야 아내가 다른 사나이에게 눈길을 돌리지
않는 법이란다. 대체로 여자들이란 가벼운 존재들이지만,
자신에게 정성을 다하는 사람에게는 쉽게 딴마음을 먹지

않는 존재이기도 하다.

포도주를 많이 마셔 취했을 때에는 잘난 척하며 지식을 뽐내지 말아라. 스스로 잘난 체를 하면 남들의 비웃음만 살 뿐이거늘……. 부디 자신 혀의 주인이 되어라! 행복한 이를 만나면 질투하는 대신, 기쁨을 함께 나누어라. 그러면 그의 행복이 곧 너의 행복이 되는 법이다.

하인들을 성의껏 보살펴서, 그들이 단지 의무감이 아니라 진정한 존경심으로 주인에게 봉사할 수 있도록 이끌어라. 지나친 정열을 자제하고, 나이가 들어서 뒤늦게 무엇인가를 깨달았다 하더라도, 그것을 부끄러워하지 말아라! 인생에서 늦은 때란 없는 법이다. 어느 때이건 깨닫지 못하는 것보다 낫지 않느냐?

아내 앞에서는 중요한 비밀을 말하지 말아라. 여자들이란 신뢰할 만한 존재가 못 되기 때문이다. 결혼하면 주도권을 잡으려고 끊임없이 기회를 엿보는 여자들에게 결코 어떠한 빌미도 제공해서는 안되느니라.

자립적으로 살고, 늘 재물을 저축하여라. 차라리 죽을 때 적에게 뭔가를 남겨주는 것이, 살면서 친구들에게 구걸하는 것보다 더 낫다. 너에게 다가오는 자라면 언제나 친절하게 대하거라! 이것은 꼬리를 흔들며 재롱을 부리는 개는 빵을 얻어먹지만, 사납게 짖거나 물려고 덤비는 개들은 몽둥이에 얻어맞는 것과 같은 이치다.

또한 가진 재물에 맞추지 말고, 생각하는 수준에 맞추어 옷을 입어라. 재물이란 오늘 있다가 내일이면 잃을 수 있는 법이다. 하지만 사리분별이란 재산처럼 쉽게 잃어버릴 수 있는 것이 아니다.

불만에 싸여 사는 대신 긍정 속에서 밝게 살고, 경쟁자를 비방하거나 공격하는 행위 대신에 항상 그에게 선하고 후한 덕을 베풀어라. 그러면 그가 너에게 행하였던 바르지 못한 행동을 부끄럽게 여기며 후회하게 될 것이다.

다른 사람을 돕는 일에 주저하지 말아라! 그리고 언제나 명심하여라, 행복은 영원한 것이 아니라 한순간의 것이다! 또한 남을 험담하는 인간은, 그가 아무리 피를 나눈 형제라 할지라도 집으로 들이지 말라! 그가 너를 찾아오는 이유는 네가 뭘 하고 뭘 말하는지를 보고 들었다가, 다른 사람에게 험담하기 위한 목적 때문인 것이다."

헬리오스는 양아버지의 지혜에 찬 긴 충고를 듣자, 양심의 가책을 받아서 견딜 수가 없었다. 그는 아무것도 먹을 수가 없었고, 마음은 납덩이처럼 천근만근 무거웠다. 그는 몇날 며칠을 괴로워하다가 굶어 죽었다.

이솝은 헬리오스의 죽음을 마음으로 슬퍼하며, 성대한 장례식으로 그를 보내주었다.

이집트 암고양이와 바빌론의 수말

이솝은 새잡이의 명수에게 어린 새끼 독수리를 4마리만 잡아오라고 부탁하였다. 붙잡혀온 어린 독수리는 도망치지 못하도록 깃털을 짧게 잘리웠다. 그리고는 어린이를 등에 업고 하늘을 날 수 있도록 강한 훈련을 받았다. 고된 훈련을 계속하자, 독수리들은 어린이를 업은 채 하늘 높은 곳까지 날아오를 수 있게 되었다. 나중에 4마리의 독수리는 다리에 긴 노끈을 매단 채, 아이들을 등에 태우고 하늘 아주 높은 곳까지 올라, 아이들이 원하는 곳 어디든지 날아갈 수 있을 정도가 되었다.

여름이 왔다. 리쿠르고스 왕과 작별한 이솝은 어린이와 4마리의 독수리, 여러 명의 인부, 그리고 탑을 쌓기 위하여 어마어마한 장비들을 배에 싣고 이집트로 출발했다. 마침내 이솝 일행이 이집트에 도착했을 때, 이집트인들은 엄청나게 큰 배와 동원된 장비에 감탄하며 탄성을 질렀다.

드디어 바빌론에서 이솝 일행이 도착했다는 보고를 받자, 넥타네보스 왕은 저어기 놀라며 신하들을 불러들였다.

"누군가 날 속이려 했도다! 이솝이 죽었다는 소문을 분명 들었거늘. 그래서 리쿠르고스 왕에게 그 서찰을 보낸 것이 아니었더냐?"

넥타네보스 왕은 이솝에게 이집트의 궁전으로 들어오라는 전갈을 보냈다. 그리고 왕은 신하들에게 검소한 흰색 옷을 입게 하고, 자신은 품위 있는 스타일의 흰색 옷을 입은 뒤, 머리에 왕관을 올렸다. 왕좌에 앉아서 옷매무새를 가다듬은 왕이 이솝의 입장을 명령했다.

어전에 들어선 이솝은 눈부신 흰색 일색에 적잖이 놀라는 기색이었다. 넥타네보스 왕이 물었다.

"오오 이솝, 어서 말해보아라. 나와 나의 이집트 신하들이 어떻게 보이느냐?"

"전하는 달에, 신하들은 별에 비유될 수 있겠습니다."

넥타네보스 왕은 기분이 흡족해져서 이솝에게 큰 선물을 내렸다.

이튿날, 넥타네보스 왕은 자주빛의 화려한 겉옷을 입고, 신하들에게는 가슴에 꽃을 달게 한 뒤, 이솝을 불러들였다. 왕이 다시 한 번 물었다.

"나와 내 신하들이 어떻게 보이느냐?"

"전하는 봄날의 따뜻한 햇빛이요, 신하늘은 대지의 꽃과 열매 같사옵니다. 전하께서 고귀한 빛을 밝게 발하시어 이 나라가 번영하도록 이끄십니다."

넥타네보스 왕은 이번에도 크게 만족하여 이솝에게 더욱 큰 선물을 내렸다.

이튿날이 되자, 이번에는 왕이 흰색 옷을 입고, 신하들은 주홍색의 옷을 입게 하였다. 이솝을 불러들인 왕은 오늘도 같은 질문을 던졌다.

"폐하는 여름날의 뜨거운 태양과 같사옵고, 신하들은 그 햇빛과 같사옵니다."

넥타네보스 왕이 말을 받았다.

"그래, 네 말이 맞도다. 그래서 이집트 왕국이 태평성대를 누리고 있는 것이 아니겠느냐? 너희 리쿠르고스 왕 치하의 바빌론보다 낫지……."

"그 말씀만은 거두어주십시오. 전하께서는 비록 태양과

같은 지배자이시지만, 우리 리쿠르고스 왕께서는 제우스와 같은 존재입니다. 그분은 해와 달이 빛을 발하도록 만들고, 계절의 시간을 정해주시기도 합니다. 만일 그분의 심기를 건드리기라도 한다면 천둥과 번개, 폭풍 등을 일으켜 벌을 주시기에, 전하의 신전도 결단코 안전하지 못할 것입니다. 리쿠르고스 왕국은 너무도 휘황찬란하여, 전하의 광휘는 그 그늘에 가려지고 말 것입니다."

더이상 그 문제로 논쟁할 의욕이 사라진 넥타네보스 왕이 물었다.

"그래, 알겠구나. 그건 그렇다 치고, 탑을 쌓을 인부들은 데리고 왔겠지?"

"네, 전하. 물론입니다."

"그럼, 지금부터 탑 쌓기를 시작하여도 되겠구나. 내가 그 위치를 일러주마."

넥타네보스 왕은 도시 외곽으로 나가 이솝에게 빈 공간을 가리켰다.

이솝은 공터의 네 곳 모서리에 인부들을 한 명씩 세우고, 그들에게 독수리를 각각 한 마리씩 날리도록 했다. 그러자

인부들과 끈으로 연결된 4마리의 독수리가 등에 어린이를
태우고 하늘 높은 곳으로 올랐다. 일정한 높이에 도달하자,
아이들이 아래를 내려다보며 큰소리로 외쳤다.

"돌과 모르타르, 그리고 나무를 올려주세요!"

그 광경에 감탄한 넥타네보스 왕이 중얼거렸다.

"아, 아니, 이럴 수가, 이솝은 무슨 수로
날아다니는 인간을 구할 수 있었담?"

"전하, 보셨습니까? 이 세상에서
오로지 리쿠르고스 임금만이
저렇게 높이 날아다니는
인간까지도 백성으로 삼을
수 있사옵니다. 거대한 이집트 왕국의
왕이신 전하께서 거의 신적인 존재인
바빌론의 리쿠르고스 전하와 어찌 우열을
가리시려 하십니까?"

"내가 한 대 얻어맞았구나! 이제부터 문제를 낼 터이니,
내 질문에 대답하여라."

"말씀하십시오."

"일전에 내가 그리스에서 암말 몇 마리를 들여온 적이

있었다. 그런데 그놈들은 바빌론의 수말들이 우는 소리를 들으면, 반드시 유산을 하고 마는구나."

이솝이 신중한 표정으로 말했다.

"제가 해답을 가지고 내일 찾아뵙겠습니다."

숙소로 돌아오는 즉시, 그는 하인에게 고양이 한 마리를 잡아오라고 부탁하였다. 그러자 그 소문이 삽시간에 온통 시내로 퍼졌다. 이집트인들은 이솝의 숙소 앞에 모여 그의 행동을 성토하며 농성을 벌이기 시작했다. 이솝이 고양이를 곧 풀어주었음에도, 이집트인들은 왕에게로 달려가서 그의 경거망동을 처벌해 달라고 탄원했다. 결국 이솝은 이집트의 왕 앞으로 불려오게 되었다.

넥타네보스 왕은 이솝을 크게 꾸짖었다.

"네놈이 얼마나 흉악무도한 범죄를 저질렀는지 알기나 하느냐? 그 고양이는 우리 이집트인들이 숭배하는 바스테트 여신(고양이 머리를 하고 손에 시스트림과 방패를 들고 있는 고대 이집트의 여신)의 상징이라는 걸 몰랐단 말이냐?"

"하오나, 전하! 그놈의 고양이가 어젯밤에 우리 바빌론의 리쿠르고스 전하께 아주 몹쓸 짓을 했습니다. 글쎄 그놈이 우리 전하께서 아주 귀히 여기는 수탉을 죽였다지 뭡니까?
늘 시간을 제때 알려주어 그리도 사랑받았거늘……. 그래서
그만……."

"이런 고얀 놈을 봤나! 얼굴색 하나 변하지 않고 거짓말을
하다니! 이놈, 부끄럽지 않느냐? 어떻게 고양이 한 마리가
하룻밤 사이에 이집트에서 바빌론까지 갔다가 되돌아올 수
있었단 말이냐?"

그러자 기다렸다는 듯이 이솝이 대답했다.

"그렇다면, 어떻게 전하의 암말들이 우리 바빌론에 사는
수말들의 소리를 들을 수 있었단 말씀입니까?"

이번에도 넥타네보스 왕은 두 손을 들고 말았다.

듣지도 보지도 못한 것!

곧 넥타네보스 왕은 헬리오폴리스(고대 이집트의 신학체계가 집대성된 곳으로 이집트 4대 도시 중의 하나)의 사제들을 자신의 궁전으로 불러들여 급히 의논을 시작했다. 이솝이 대답하기 아주 어려운 문제를 만들어내는 것이 주목적이었다. 논의가 끝나자 넥타네보스 왕은 아주 만족스러운 듯 사제들을 위해 잔치를 베풀면서, 그 자리에 이솝을 초대했다.

헬리오폴리스의 한 사제가 말했다.

"아, 이솝, 거룩하신 신의 이름으로 당신에게 질문하도록 하겠소."

"아, 네!"

이솝은 처음부터 기세 좋게 나갔다.

"그렇게 얘기하는 것은 당신뿐 아니라 당신들의 신까지도 욕되게 하는 것이거늘. 자고로, 신이라 함은 인간의 생각을 능히 읽을 수 있는 분이 아니오. 신은 인간 어느 누구에게도 질문을 던지지 않는 법입니다. 그렇지만, 굳이 신의 뜻이 그러하시다면, 어서 질문을 해보시오!"

"으흐흠, 신전이 하나 있는데, 거기에는 기둥이 하나밖에 없소. 그 기둥 위로 올라가면 12개의 도시를 볼 수가 있소. 또 12개의 도시에는 각각 30개의 발코니가 있소. 그리고 그 발코니를 중심으로 2명의 여인이 빙글빙글 돌고 있소."

이솝이 씨익 웃으며 대답했다.

"그건 삼척동자도 다 아는 수수께끼가 아니오? 신전은 이 세계요, 기둥은 해(年)이고, 12개의 도시는 열두 달(月)이며, 30개의 발코니라면 한 달을 이루는 30일(日)이 아니겠소. 또 2명의 여인이란 서로 쫓고 쫓기는 낮과 밤이 아닙니까?"

이튿날 넥타네보스 왕은 신하들과 의논을 했다. 한 신하가 조심스럽게 의견을 내놓았다.

"이번에는 아주 어려운 문제를 내는 것이 좋겠습니다. 즉, 우리가 지금껏 듣지도 보지도 못한 것을 말하라고 요구하는 것입니다. 그럼 이솝이 뭐라고 대답할 것이 아닙니까? 그럴 때마다 우리는 「그건 벌써 보고 들은 적이 있다」라고 무조건 우기면 되는 것입니다."

그의 제안은 제법 그럴 듯하게 들렸다. 넥타네보스 왕은 이제 리쿠르고스 왕에게 이길 수 있겠다는 안도감이 서서히 밀려왔다.

이솝이 들어오자 넥타네보스 왕은 직접 질문했다.

"이솝, 마지막으로 한 가지만 더 묻겠다. 우리가 지금까지 본 적도 들은 적도 없는 것을 말해보아라."

"저에게 3일간의 여유를 주십시오."

이솝은 혼자 앉아 고민했다. '내가 무엇을 말하든지, 전부 보고 들은 적이 있다고 우길 테지…….'

마침내 숙소로 돌아온 이솝은 차용증서를 한 장 작성하기 시작하였다. 거기에는 넥타네보스 왕이 리쿠르고스 왕에게 금괴 1,000개를 빌렸다고 씌어져 있었다. 마지막으로 그는 차용증서의 제일 하단에 자신이 이집트 왕을 배알하기로 약속한 날을 지불기한일로 적어넣었다.

예정대로 3일 후 이솝은 왕을 알현했다. 넥타네보스 왕은 신하들에게 둘러싸인 채로, 이솝이 무슨 말을 어떻게 할지 몹시도 궁금하여 호기심을 숨기지 못하고 있었다. 자신의 승리가 눈앞에 와 있는 것 같아 더욱 흥분되기도 했나.

그때 이솝이 왕에게 차용증서를 정중하게 내밀었다.

"전하, 읽어보십시오!"

왕이 미처 읽기도 전에 신하들이 앞질러 말했다.

"그건 우리가 벌써 보고 들은 것이오."

마침 기다렸다는 듯 이솝이 점잖게 말했다.

"오오, 그것 참으로 다행한 일입니다. 시치미를 뚝 떼시면 어떡하나 걱정했었는데……. 오늘까지 금괴를 갚아야 하니 말이오."

순간 무척 당황한 넥타네보스 왕이 신하들에게 큰소리로 호통을 쳤다.

"내가 모르는 일을 어찌하여 그대들이 안다고 하시오?"

이제 신하들은 말을 번복하지 않을 수 없었다.

"네, 맞습니다. 저희들은 그것에 대해 한 번도 듣거나 본 적이 없사옵니다."

이솝이 낮은 목소리로 조용히 말했다.

"자, 이제 문제를 다 푼 것이지요?"

넥타네보스 왕은 크게 감탄하는 목소리로 말했다.

"이토록 지혜가 출중한 인물을 백성으로 둔 왕은 얼마나 행복할 것인가!"

그는 약속한 공물과 더불어 두 나라의 친교를 강조하는 편지를 이솝에게 전했다.

곧 바빌론으로 돌아온 이솝은 리쿠르고스 왕에게 그동안 이집트에서 있었던 일을 상세하게 전하고, 그곳에서 가져온 공물과 편지를 바쳤다. 마음이 흡족해진 리쿠르고스 왕은 바빌론의 승리를 이끈 이솝을 기념하기 위하여 금으로 만든 그의 동상을 세우고, 화려한 축제를 베풀었다.

평화로운 시간이 시나브로 흘러가고 있었다. 이제, 이솝은 델포이(고대 그리스의 도시국가. 아폴론 신전이 있던 성지이었고, 기원전 6세기경 당시에는 그리스에서 가장 중요한 신탁소였다)로 여행을 떠나고 싶어서 온몸이 근질근질해졌다. 그는 왕에게 작별인사를 하면서, 반드시 돌아와 바빌론에서 남은 여생을 보내겠다고 약속하였다.

인간이 어찌 풀잎과 같으리오

델포이 사람들은 이솝의 말을 무척 흥미롭게 들으면서도 어찌된 일인지 그에게 존경의 빛을 보이지 않았다.

시간이 얼마 지나지 않아서, 이솝은 델포이 사람들이 마치 시들은 양배추 잎처럼 기운이 하나도 없어 보인다는 사실을 깨닫게 되었다. 그래도 조용히 있었으면 더욱 좋았을 것을, 델포이에 대한 첫인상이 매우 좋지 않았던 이솝은 호머를 인용해가면서 그들을 날카롭게 풍자함으로써, 델포이의 자존심을 긁어놓았다. 「인간이 어찌 풀잎과 같으리오?」라고 냉소적으로 말했던 것이다.

또한 이렇게 겁 없이 말하기도 하였다.

"여러분은 마치 바다 위에 떠 있는 통나무와 비슷합니다. 멀리서 그것이 파도에 출렁일 때는 꽤 크다고 생각되지만, 그것이 육지로 밀려왔을 때는 작고 하찮은 것임을 쉽게 알게 되지요. 내가 델포이에서 멀리 떨어져 살았을 때에는, 여러분의 얘기를 듣고 정신세계가 참 훌륭한 사람들이라고 생각했소. 그렇지만 가까이에서 경험해본 결과, 지금 나는 여러분이 얼마나 미미한 존재인지를 잘 알게 되었소. 그건 아마도 여러분의 조상 때문이 아닌가 싶소. 역시 그 조상에 그 후손이구려."

델포이 사람들은 기분이 몹시 상해 물었다.

"우리 조상이 어떻기에 그따위 소리를 하는 거요?"

"여러분들의 조상은 노예이라오! 그리스인들은 도시국가 하나를 정복하면 그 전쟁에서 획득한 전리품의 10분의 1을 아폴론 신전에 바치는 오랜 풍습이 있었소. 소 100마리에서 10마리를, 양 100마리에서 10마리를, 또 100명의 남자에서 10명을, 100명의 여자에서는 10명을 바쳤소. 바로 이들이 여러분의 직계 조상인 것이오! 그러니 당신들은 태생적으로 노예일 수밖에."

이솝은 더이상 델포이에 머물고 싶지 않았다. 한편 이솝이 델포이를 야유하며 떠다닌다는 사실이 고위층에 전해지자, 그들은 꽤 고심하였다. '이솝이 떠다니도록 내버려둔다면, 여기저기 다니면서 델포이를 욕되게 할 터인데…….'

결국 델포이인들은 이솝을 해치우기로 결정하였다.

그들은 궁전에서 황금으로 된 식기를 몰래 훔쳐내, 하인이 잠자는 동안 이솝의 여행가방 안에 그것을 숨겨넣었다.

이솝이 포키스(고대 그리스 중부에 있던 지방)를 향하여 떠난 지 며칠 지나지 않았을 때, 델포이인 무리가 나타나 그를 체포하고자 하였다.

"도대체 이것이 무슨 행패냐? 어찌하여 무고한 나를 끌고 가는 것이냐?"

"네놈이 델포이 궁전에서 도둑질하지 않았느냐?"

억울한 이솝은 눈물을 뚝뚝 흘리며 울부짖었다.

"내 가방 안에서 도둑질한 물건을 찾아낸다면, 내 기꺼이 목숨을 내놓겠소!"

그들은 이솝의 여행가방을 이리저리 한참을 뒤지더니, 의기양양하게 황금 식기를 꺼내보였다.

"내 가방 안에서
도둑질한 물건을 찾아낸다면,
내 기꺼이 목숨을 내놓겠소!"

기가 막힌 이솝은 그들을 붙잡고 애원하였다.

"당신들도 인간 아니오? 신이 노하면 얼마나 무서운지 잘
알지 않소? 이건 억울한 모함이니, 나를 풀어주시오!"

이제 지혜가 사라졌다네

그러나 델포이인들은 입가에 싸늘한 미소를 띠우며, 그를 감옥에 가두었다. 그는 하늘이 노래지는 걸 느꼈다.

"보잘것없는 피조물인 내가 어떻게 하면 고난의 운명에서 벗어날 수 있을까?"

이솝의 볼을 타고 하염없이 눈물이 흘러내렸다.

얼마 후, 친구 한 명이 경비병을 매수한 뒤 어렵게 이솝을 찾아 감방으로 왔다. 그가 한숨을 내쉬며 말했다.

"이제 자네에게 무슨 일이 닥칠지……. 답답하네그려."

조급해진 이솝은 속으로 눈물을 삼키며 찾아온 친구에게 이야기했다.

"남편을 잃은 한 여자가 있었다네. 방금 그 여인은 남편을 땅에 묻고 무덤가에 앉아 울고 있었다네. 멀지 않은 곳에서 한 농부가 밭을 갈고 있었는데, 그 여인에게 흑심이 생겼지 뭔가. 농부는 쟁기질하던 소를 잠시 쉬게 하고, 곧 여인에게 다가갔다네.

그런데 여인이 보니까, 그 농부 역시 눈물을 흘리고 있는 것이야. 여인이 조심스럽게 물었다네. 「무슨 까닭으로 그리 슬피 우십니까?」

「정말 좋은 아내였는데, 어찌하여 그만 땅에 묻고 말았소. 눈물이라도 흘려야 견딜 수 있을 것 같소.」

「아아, 그러세요? 저도 마찬가지입니다. 저의 남편도 멀리 떠나버렸답니다. 그래도 이렇게 무덤가에 앉아서 하염없이 우니까, 마음의 고통이 조금은 덜어지는 것 같군요.」

이때를 놓칠세라 농부가 얼른 말하였지. 「우리 두 사람은 같은 일로 슬퍼하고 있구려……. 차라리 우리 둘이서 함께 사는 것이 어떻겠소? 나는 당신을 죽은 아내처럼 사랑하고, 당신은 나를 죽은 남편처럼 사랑하면 되지 않겠소?」

마음이 통한 두 남녀는 순식간에 불이 붙어 무덤가에서 끌어안고 뒹굴었다네.

그런데 그 사이에 누구인가 소를 훔쳐가버린 거야. 농부가 달려갔을 땐, 이미 쟁기만 덜렁 땅바닥에 나뒹굴고 있었지. 그러자 농부는 깊은 절망감에 빠져 슬픈 소리로 대성통곡을 하였다네.

여자가 물었지.「어찌하여 또 우시는 건가요?」

농부는 코를 팽팽 풀면서 대답하였다네.「이것이 진정한 나의 눈물이라오.」

잠시 후 이솝이 한마디 덧붙였다.

"이보게 친구, 내 괴로움이 어떤 것인지 알겠는가? 자네도 보지 않았나, 무슨 일이 벌어졌는지……."

친구가 괴로운 표정으로 대답했다.

"아아, 참, 자네는……. 어찌 델포이에서 겁도 없이 감히 델포이인들을 비난할 수 있는가? 출중한 지혜는 어디로 다 갔는가? 세상 사람들에게 지혜로운 말로 가르침을 주면서, 어찌하여 자기 자신에게는 그렇게 바보같이 행동할 수가 있남."

묵묵부답이던 이솝은 다른 이야기를 말하기 위하여 입을 열었다.

"어떤 옛날 아둔한 딸을 둔 엄마가 있었네. 엄마는 날마다 자신의 딸이 똑똑해지기를 신에게 빌었지. 딸은 그 엄마의 기도를 들으며 자랐다네.

하루는 엄마와 딸이 밭일을 나갔다네. 잠시 엄마와 떨어져 걷던 딸은 숲 근처에서 한 남자가 당나귀랑 그 짓을 심하게 하는 걸 보았어. 딸이 호기심 어린 눈으로 물었지.

「지금 뭐 하시는 거예요?」

「당나귀를 똑똑하게 만드는 중이야.」

딸은 언제나 듣던 엄마의 기도소리를 떠올리고는 그에게 부탁했다네.

「그럼, 저도 똑똑하게 만들어주세요.」

「아니, 난 여자는 딱 질색이야!」

그러나 딸은 거듭 부탁을 했어. 「그런 말씀 마세요. 우리 엄마는 제가 똑똑해지라고 매일 기도를 올린단 말씀이에요. 그러니까 아저씨가 저를 똑똑하게 해주신다면, 우리 엄마는 고마워서 큰 돈으로 사례할 거예요.」

그 말은 들은 남자는 얼씨구나! 하며 멍청한 여자아이를 힘껏 안았다네.

잠시 후 아둔한 계집아이는 신이 나서 엄마에게 달려갔지.

「엄마, 엄마, 나 이제 똑똑해졌어요!」

「갑자기 어떻게 똑똑해졌다는 거니?」

딸은 숲 근처에서 무슨 일이 어떻게 벌어졌는지 자세하게 얘기했지. 엄마가 기겁을 하며 소리쳤다네.

「아이고, 그나마 쬐금 있던 생각마저 모조리 잃어버리고 왔겠구나!」

이보게 친구여, 나에게도 그러한 일이 벌어진 것이라네. 내가 델포이로 왔을 때, 나에게 남은 마지막 지혜를 이미 다 써버리고 왔다네."

이솝의 친구는 끝내 눈물을 흘리며 돌아갔다.

애증에 찬 생쥐와 개구리의 우정

델포이인들이 이솝을 찾아와 알려주었다.

"악의에 찬 거짓말을 퍼뜨리고 궁전의 물건을 훔친 죄로, 너는 오늘 절벽에서 떨어지는 벌을 받게 될 것이다. 마음의 준비를 단단히 하여라!"

이솝은 기도하는 심정으로 부탁했다.

182

"오오, 나에게 한 번만 더 이야기할 기회를 주시오. 제발, 제발 부탁이오."

그들은 이솝의 청을 받아들였다.

"지상의 모든 생물이 서로의 말을 이해할 수 있을 때였소. 생쥐 한 마리와 개구리 한 마리가 서로 친하게 지냈다오.

어느날 생쥐는 친구인 개구리를 식사에 초대하고, 자신의 저장고로 데려갔소. 거기엔 빵, 고기, 치즈, 버터, 무화과가 가득 들어 있었소. 생쥐가 말했다오.

「많이 먹어!」

개구리가 배부르게 잔뜩 먹은 후 말했소.

「너도 우리집에 놀러 와!」

개구리는 생쥐를 호수가로 데려가며 말했소.

「자, 어서 수영해!」

「나는 수영할 줄 모르는걸!」

그러자 개구리는 자신의 다리와 생쥐의 다리를 노끈으로 묶고서 물속으로 풍덩 뛰어들었지 뭡니까? 당연히 생쥐도 물속으로 딸려 들어갈 수밖에요. 생쥐는 거의 죽을 지경이 되어 외쳤다오.

「아이고, 나 죽는다! 죽으면 반드시 너에게 복수를 하고 말테야!」

개구리는 들은 척도 않고 깊은

물속으로 곧 잠수했소. 결국 생쥐는 익사했답니다.

그런데 개구리가 다시 수면 위로 몸을 불쑥 내밀었을 때, 느닷없이 까마귀 한 마리가 나타나 죽은 생쥐를 낚아챘지 뭡니까?

생쥐는 개구리랑 서로 묶여 있었기 때문에 까마귀만 크게 횡재한 것이 되었다오. 그렇게 하여 생쥐의 복수가 곧바로 실현되었던 것이오.

마찬가지로 나의 죽음 역시 당신들을 편안히 놔두지 않을 것이라오. 리디아, 바빌론, 이집트, 그리고 그리스의 모든 도시국가에서 나를 대신해 당신들에게 복수할 것이오."

그러나 어떠한 경고도 델포이인들의 마음을 움직이지는 못했다. 그들은 이솝을 끌고 절벽으로 갔다.

절벽으로 가는 도중, 이솝은 도망을 쳐서 뮤즈의 신전으로 숨어들었다. 그러나 델포이인들은 그곳이 신전이어도 전혀 개의치 않았다. 그들은 신전에서 이솝을 무자비하게 마구 끌어내리려고 하였다.

"부디 더이상 죄를 짓지 마시오! 내 말을 좀 들어보시오.

그런데 개구리가 다시 수면 위로
몸을 불쑥 내밀었을 때,
느닷없이 까마귀 한 마리가 나타나
죽은 생쥐를 낚아챘지 뭡니까?

185

옛날, 토끼 한 마리가 독수리에게 쫓기다가 말똥구리에게 찾아가서 도움을 요청했소. 말똥구리는 자신이 조그맣다고 독수리가 무시하지 말기를 제우스 신에게 빌었다오. 그러나 독수리는 한쪽 날개로 말똥구리를 먼 곳으로 날려버린 뒤, 토끼를 잡아먹었소.

자존심이 상한 말똥구리는 독수리의 날개에 몰래 매달려 독수리의 둥지까지 따라갔다오. 독수리가 잠시 자리를 비운 틈을 타서, 말똥구리는 아직 부화되지 않은 따스한 알들을 밖으로 모조리 밀어냈다오. 둥지로 돌아온 독수리는 자식을 잃은 괴로움에 견디기가 무척 힘들었지만, 누가 범인인지는 알 도리가 없었소.

이제 독수리는 훨씬 더 은밀한 곳에 보금자리를 마련하고, 거기에 몰래 알을 낳았소. 그러나 이번에도 슬며시 숨어든 말똥구리가 독수리의 알들을 모조리 밀어냈지 뭡니까.

그후 시간이 흐르고 흘러 또다시 새로운 알을 낳을 시기가 돌아오자, 이번에는 독수리가 올림포스 산(그리스 북동쪽에 있는 산. 그리스에서 고도가 가장 높은 산으로, 제우스를 비롯한 여러 신들이 살았다고 한다)으로 날아가 제우스의 무릎에 알을 낳은 뒤, 신이 보호해주길 바랐다오.

용케도 이것을 알아차린 말똥구리는 일단 말똥 위를 마구 뒹굴어 자신의 몸을 함부로 더럽힌 뒤, 제우스에게 날아가 그의 머리 주위를 빙글빙글 돌았소. 그러니까 제우스 신이 어떠하였겠소? 그는 똥냄새를 지독하게 풍기는 말똥구리가 날아오자 피하려고 벌떡 일어났다오. 이때 무릎 위에 얹혀 있던 독수리의 알들이 바닥으로 우르르 떨어져 산산조각이 날 수밖에…….

나중에 제우스는 독수리가 말똥구리를 업신여기고 모욕을 주었다는 사실을 알게 되었소. 그가 독수리에게 말했소.

「네가 말똥구리의 자존심을 엉망으로 만들었으니, 계속 자식들을 잃는 것이 당연하구나.」

옆에서 말똥구리가 끼여들었소. 「단지 그뿐이 아닙니다! 저놈은 위대한 제우스 님마저 모욕하였습니다. 저는 당신의 이름을 걸고, 그가 토끼를 잡아먹지 않도록 기도했답니다. 그러나 당신에 대한 경외심이라곤 조금도 없는지라, 저놈은 제게 도움을 요청한 토끼마저 잡아먹었답니다. 이러이러한 까닭에, 저와 토끼의 원수를 갚기 위해서라면, 저는 저놈을 세상 끝까지라도 쫓아갈 것입니다.」

그러나 제우스는 독수리가 완전히 멸종당하는 걸 원하지

않았소. 그래서 말똥구리에게 독수리와 화해할 것을 넌지시 권했다오. 하지만 말똥구리는 완강히 거부하며 고집을 굳게 부렸소. 하는 수 없이 제우스는 말똥구리가 활동하지 않는 계절에 독수리가 알을 낳도록 시기를 바꾸었다고 하오.

델포이인들이여! 거룩한 신전을 모독하는 죄를 범하지 마오! 신전에 경의를 표하시오!"

그러나 화가 난 델포이인들은 조금도 뒤로 물러날 태세가 아니었다. 그들은 이솝을 강제로 끌어내 절벽으로 갔다.

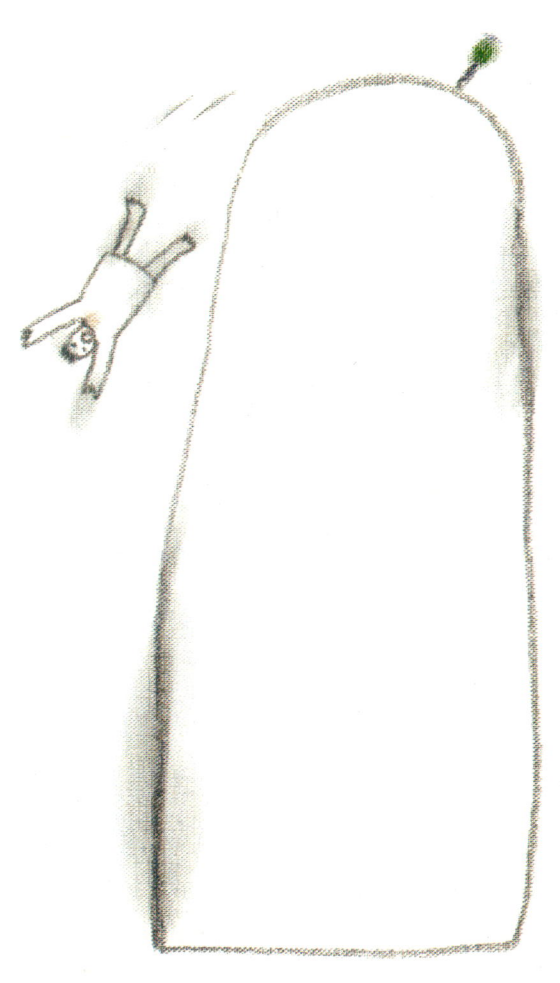

멍청한 당나귀 때문에?

눈앞에 닥친 자신의 최후를 바라보며 이솝이 말했다.

"옛날 옛적에 어느 시골에 노인이 있었는데, 그는 도시를 한 번도 구경해본 적이 없었소. 그러던 어느날 그의 아들이 당나귀가 묶인 수레에 아버지를 태우고 말했다오. 「아버지, 도시 구경 잘하시고 오세요! 이 당나귀가 도시로 데려다줄 것입니다.」 그러나 도시로 가는 도중에 세찬 비바람을 만난 당나귀는 그만 길을 잃고 말았소. 게다가 당나귀가 멈춰 선 곳은 길이라곤 도무지 보이지 않고, 내려다보기만 하여도 어지러운 몹시 가파른 산중턱이었지 뭐요! 한 발짝만 잘못

내디디면 바로 떨어져 죽을 상황이었소. 늙은이가 외쳤소.

「제우스여! 제가 무슨 죄를 지었기에 하필 저 멍청한 당나귀 때문에 죽음을 맞게 하시나이까?」

이솝이 아무리 호소하여도 델포이인들은 들은 척도 하지 않고, 절벽으로 떨어뜨리려고 하였다. 바로 그 순간 이솝이 체념한 듯 외쳤다.

"차라리 시리아나 페니키아, 아니면 유대 지방으로 나의 발걸음을 돌렸더라면 더욱 좋았을 것을!"

그는 델포이인들을 저주하고, 아폴론에게 자신의 저주가 이루어지길 기원한 뒤, 스스로 절벽에서 몸을 날렸다.

그로부터 얼마 지나지 않아서 델포이 전역에는 전염병이 창궐하였다. 제우스 신에게 이유를 물으니, 그들이 이솝을 참혹하게 죽인 대가라는 신탁(神託, 신이 사람을 매개자로 하여 자신의 뜻을 나타내거나 인간의 물음에 답하는 일)이 나왔다.

나중에 이솝의 억울한 죽음을 전해들은 바빌론, 사모스, 이집트 사람들은 이솝을 대신하여 델포이인들에게 복수를 해주고 말았다.

"탁월한 언어능력은 이솝이 태어날 때부터 지녔던 재능이 아니라,
온갖 콤플렉스와 고난을 이겨냄으로써 얻게 된 소중한 재산일 것이다.
또 그가 현실의 고통 속에서 직접 건져올린 빛나는 능력이었다."

비범한 재능으로 삶을 완성한 사람

　이솝은 동물의 삶을 빌려 인간세계에 다양한 깨달음을 전해주는 『이솝 우화』의 작가로서, 우리에게는 아주 친숙한 인물이다. 그는 기원전 6세기경 그리스에 실제로 생존했던 사람으로, 사모스인, 일설에는 프리기아인이라고 한다.

　『이솝 우화』는 원래 그의 전기에 함께 실려 있다가 후세에 별도의 다른 책으로 분리되었다고 추측된다. 그러나 『이솝 우화』를 쓴 사람이 실제 실존한 이솝이었는지, 후대에 여러 사람이 쓴 이야기를 모은 것인지 아직 분명하게 밝혀지지 않고 있다. 어쩌면 이솝이란 인물조차 가공일지 모른다.

이 문제는 스스로 한 줄의 글도 남기지 않은 소크라테스의 경우와 비슷하다고 생각해볼 수 있다. 어디부터 어디까지가 플라톤의 주장이고, 소크라테스의 가르침인지 따지는 것이 여기서 무슨 의미가 있겠는가.

어쨌거나 우리 눈앞에는 이솝이 남긴 우화와 그의 인생을 기록한 책이 있다. 우리에게 중요한 것은 누가 언제 이 책을 썼는가보다 그 속에 담긴 뜻과 그것이 전달하려는 메시지일 것이다.

이 얘기는 독일의 유명한 소설가 한스 요아힘 셰틀리히가 10세기경 익명의 그리스 작가의 작품으로 추정되는 한 문헌(독일 디트리히 출판사, 라이프치히, 1974년)을 바탕으로 하여서, 이솝의 삶을 새로운 각도에서 기록한 전기이다.

호메로스의 서사시인 『일리아드』 『오디세이』가 영웅과 귀족의 문학이라면, 이솝의 우화는 평민의 그것이라고 할 수 있다. 그가 그리는 세상은 조화로운 이상세계가 아니라 살아남기 위해 벌이는 눈물겨운 투쟁의 현실이다. 그것은 당연하다. 왜냐하면 이솝 자신이 본래 노예의 신분이었다가, 나중에 자유의 몸이 된 인물이기 때문이다.

이솝이 허구의 인물인지 또는 실존의 인물인지 정확히 알수 없다 할지라도, 알려진 대로라면, 이솝은 생존경쟁에서 저절로 도태될 수밖에 없는 최악의 조건을 지니고 있었다. 그는 혐오감을 주는 추한 외모에, 말도 제대로 하지 못하는 나약한 존재였다. 더구나 노예 신분이 아니었던가.

그러던 어느날 이솝의 착한 행동에 감동받은 여신이 그로 하여금 말문이 터지게 하고, 누구도 따라올 수 없는 지혜와 논리 능력을 선사하였다. 비로소 이솝의 삶에서 언어, 위트, 논리, 기지라는 생존 도구이자 투쟁 도구가 생긴 셈이다.

이때부터 이솝은 탁월한 지혜와 논리와 언어의 감각으로 무장한 채, 자신의 주인이자 유명한 철학자인 크산토스를 마음껏 조롱하며, 우리 인간의 무지를 일깨운다. 마침내는 자유의 몸이 되어 빛나는 재능을 중요한 곳에 쓰게도 된다.

그러나 행복한 시절은 영원하지 않아, 마지막에는 뛰어난 언어적 능력으로 말미암아 오히려 더욱 궁지로 몰리게 된다. 이솝에게 조롱당한 델포이인들이 격분한 나머지 그를 죽인 것이다. 죽음의 순간에서도 이솝은 특유의 위트와 지혜로 위기를 벗어나고자 애쓴다.

하지만 독보적 말솜씨와 논리를 선사해준 여신의 선물이

수명을 다한 것일까. 이솝은 델포이인들을 저주하며 스스로 절벽에서 몸을 날린다.

소설가 셰틀리히는 간결한 표현을 통해 적당한 거리감을 유지하며 에피소드를 빠르게 전개시킨다. 그래서 독자들이 이야기에 쉽게 빠져들도록 만든다. 또한 그는 도덕적인 해석이나 별다른 문학적인 장치가 없이 에피소드 중심으로 스토리를 펼침으로써, 메시지를 분명하게 드러내었다. 즉 통속한 세상 한가운데에로 걸어가는 이솝의 영광과 좌절을 표현하고자 한 것이다.

언어는 여신의 선물인 동시에 때로 독약이 되기도 하는가 보다. 셰틀리히 역시 구동독에서 작가로서의 영광과 좌절을 동시에 경험한 사람이므로, 그가 이솝의 드라마틱한 인생을 글감으로 선택하는 일은 아주 자연스러워 보인다.

여러 굴곡으로 출렁대는 이솝의 삶은 그의 우화 이상으로 교훈적이다. 그의 말솜씨, 위트, 지혜, 논리는 때로 지나치게 냉소적이고, 어떤 경우에는 참 엉뚱하기까지 하다. 그리고 세상을 몇 번 비틀어서 생각지도 못한 각도에서 바라보는 그만의 예리한 눈길이 있다.

이것은 이솝이 태어날 때부터 지녔던 재능이 아니라, 온갖 콤플렉스와 고난을 이겨냄으로써 얻게 된 소중한 재산일 것이다. 또 그가 현실의 고통 속에서 직접 건져올린 빛나는 능력이었다.

결국 그의 삶은 마지막 순간까지도 언어와 지혜와 논리가 냉정하게 부딪히는 치열한 장면을 연출했다. 오늘날까지도 우리 인간의 삶이 그러하듯이……

옮긴이 ｜ 전재민

1966년 서울에서 태어났다.
성균관대학교 철학과에서 공부하고, 독일 프라이부르크대학교에서
문화인류학으로 석사학위를 받았다.

옮긴 책

『가까워지는 것에 대한 두려움』(볼프강 슈미트바우어),
『게임 오버』(안드레아 페링거 외),
『사과나무 위의 할머니』(미라 로베),
『말썽꾸러기, 희망꾸러기』(코르넬리아 니쥐) 등.

너희가 논술을 아느냐?

탁월한 언어감각으로 최정상에 오른 사람, 이솝

펴낸날 ｜ 2005년 7월 3일 1판 1쇄

지은이 ｜ 한스 요아힘 셰틀리히
그린이 ｜ 박공우
옮긴이 ｜ 전재민

펴낸이 ｜ 김혜숙
펴낸곳 ｜ 도서출판 참솔
등록번호 ｜ 제 8 - 244호
주소 ｜ 121 - 718 서울시 마포구 공덕동 404 풍림빌딩 521호
대표전화 ｜ 02 - 3273 - 6323
팩시밀리 ｜ 02 - 3273 - 6329
이메일 ｜ charmsoul@charmsoul.com

ISBN ｜ 89 - 88430 - 46 - 8 03800

값 8,900 원